山居新语
至正直记

[元]杨瑀 孔齐 撰 李梦生 庄葳 郭群一 校点

图书在版编目(CIP)数据

山居新语　至正直记／(元)杨瑀　孔齐撰;李梦生　庄葳
郭群一校点. —上海：上海古籍出版社,
2012.12(2023.8 重印)
(历代笔记小说大观)
ISBN 978-7-5325-6350-0

Ⅰ.①山…　②至…　Ⅱ.①杨…　②孔…　③李…　④庄…
⑤郭…　Ⅲ.①笔记小说-小说集-中国-元代　Ⅳ.
①I242.1

中国版本图书馆 CIP 数据核字(2012)第 044986 号

历代笔记小说大观

山居新语　至正直记

〔元〕杨　瑀　孔　齐　撰

李梦生　庄　葳　郭群一　校点

上海古籍出版社出版发行

(上海市闵行区号景路 159 弄 1-5 号 A 座 5F　邮政编码 201101)

(1) 网址：www.guji.com.cn

(2) E-mail：guji1@guji.com.cn

(3) 易文网网址：www.ewen.co

常熟文化印刷有限公司印刷

开本 635×965　1/16　印张 9.75　插页 2　字数 131,000
2012 年 12 月第 1 版　2023 年 8 月第 2 次印刷
印数：2,101—3,200
ISBN 978-7-5325-6350-0
I·2504　定价：25.00 元

如有质量问题,请与承印公司联系

总　目

山 居 新 语

[元] 杨 瑀 撰
李梦生 校点

校 点 说 明

　　《山居新语》，一名《山居新话》，元杨瑀著。杨瑀（1285—1361），字元诚，浙江杭州人。文宗天历年间官中瑞司典簿，文宗爱其才，超授奉议大夫、太史院判官。惠宗至正中，改官建德路总管，进中奉大夫、浙东道宣慰使都元帅，致仕。

　　《山居新语》是作者归老山中后所作，书前杨维桢序及书后自序均署至正庚子（二十年，1360），书当成于该年前。杨瑀自称是书“举凡事有古今相符者，上至天音之密勿，次及名臣之事迹，与夫师友之言行，阴阳之变异，凡有益于世道，资于谈柄者，不论目之所击，耳之所闻，悉皆引据而书之”，因此《四库全书总目提要》言书“皆记所见闻，多参以神怪之事，盖小说家言”。元文宗于元诸帝中最尚文治，特开奎章阁，政事之余，日与诸文人虞集、揭傒斯、柯九思等在阁内品评书画。杨瑀适于此时擢列文学侍从，故于当时朝廷异闻、文人佚事知之甚详，所录足资谈助。

　　元末东南一带为割据势力张士诚等所占，张士诚或战或降，反覆无常，战事频仍。本书为杨瑀致仕后居杭州所作，所记多为亲历目见，凿凿可靠，多可补正史之不足；而所记杭州事，又多为后世地方志书采纳，《西湖游览志》、《西湖游览志余》一类记杭州人文地理、佚事趣谈的书，采入尤多，稍迟于本书的《南村辍耕录》，就有相当篇幅引自本书，可见本书影响之大。

　　《山居新语》的版本，据《增订四库简明目录标注·续录》，知有元

刊二种,一为四卷本,一为一卷本,此二本今未见。通行版本有《四库
全书》、《武林往哲遗著》、《八千卷楼丛刊》、《知不足斋丛书》本。《四
库》所收为四卷本,较他书少"至元四年伯颜太师之子"至"朔方缣缣
州"凡五条;《知不足斋丛书》本时有阙字。今以《武林往哲遗著》所收
"钱塘丁氏重刊影元写本"为底本,校以各本,凡有错讹,径行改正不
出校。

目 录

山 居 新 语 序

　　经史之外有诸子,亦羽翼世教者。而或议之说铃,以不要诸六经之道也。汉有陆生贾著书十二篇,号《新语》,至今传之者,亦以善著古今存亡之征。继《新语》者有《说苑》、《世说》,他如《笔语》、《文说》、《夷坚》、《侯鲭》、《杂俎》、《丛话》、《桯史》、《墨客》、《夜话》、《野语》等书,虽精粗泛约之不同,亦可备稽古之万一。若《幽冥》、《青琐》祅诡淫佚,君子不道之已。吾宗老山居太史归田后,著书名《山居新语》凡若干首。其备古训类《说苑》,摭国史之阙文类《笔语》,其史断诗评,绳前人之愆,天灾人妖,垂世俗之警,视祅诡淫佚败世教者远矣,其得以说铃议之乎?好事者梓行其书,征予首引,予故为之书。至正庚子夏四月十有六日,李黼榜第二甲进士,今奉训大夫、江西等处儒学提举会稽杨维桢叙。

山居新语

累朝于即位之初，故事，须受佛戒九次，方登大宝，而同受戒者或九人，或七人，译语谓之暖答世。一日，今上入戒坛中，见马合哈剌佛前以羊心作供，上问沙剌班学士曰："此是何物？"班曰："此羊心也。"上曰："曾闻用人心肝为供，果有之乎？"班曰："闻有此说，未尝目击，问之剌马可也。剌马即帝师。"上命班叩之，答曰："有凡人萌歹心害人者，事觉，则以其心肝作供耳。"遂以此言复奏。上曰："人有歹心，故以其心肝为供。此羊曾害何人，而以其心为供耶？"剌马竟无以答。

太府少监阿鲁奏取金三两为御靴剌花之用。上曰："不可，金岂可以为靴用者？"因再奏，请易以银线裹金，上曰："亦不可。金银乃首饰也，今诸人所用何线？"阿鲁曰："用铜线。"上曰："可也。"

至元四年，伯颜太师之子甫十岁余，为洪城儿万户，乃邀驾同往，托以三不剌之行为辞，本为其子也。至中途，有酒车百余乘从行，其回车之兀剌赤多无御寒之衣，致有披席者。有一小厮，无帽，雪凝其首，若白头僧帽者，望见驾近，哭声震起，上亦为之堕泪。遂传命令遣之，伯颜不从。上亟命分其酒于各爱马，即各投下。及点其人数，死者给钞一定，存者半定，众乃大悦，遂呼万岁而散。

揭曼硕僕斯天历初为授经郎，时上自北来。一日，揭梦在授经郎厅，忽报接驾，急出门迎之，恍如平日，及入厅坐定，视之，乃今上也。时奎章阁官院长忽都鲁笃鲁迷失、供奉学士沙剌班，揭以二公谨愿笃实，遂以此梦告之。后果相符。班公以揭公梦事闻之于上，遂得召见。

至元六年二月十五日，黜逐伯颜太师之诏，瑀与范汇同草于御榻前。草文以其各领所部，诏书到日，悉还本卫。上曰："自早至暮，皆一日也。可改作时。"改正一字，尤为切至，于此可见圣明也。

元统甲戌三月二十九日，瑀在内署，退食余暇，广惠司卿聂只儿也里可温人。言：去岁在上都，有刚哈剌咱庆王，今上皇姊之驸马也。忽得一证，偶坠马，扶马则两眼黑睛俱无，而舌出至胸。诸医束手，惟司卿曰："我识此证。"因以剪刀剪去之。少顷，复出一舌，亦剪之。又于其舌两侧各去一指许，用药涂之而愈。剪下之舌尚存。亦异证也。广惠司者，回回医人隶焉。

　　朔方缣缣州，其西南有二石洞，一洞出石盐，皆红色，今湮没矣；一洞出青黑色者，尚存，缣人皆食之。石文粗砺如南方青石然，调味甚适口。他处亦皆有捞盐海子，或出青盐，或红盐，或方而坚，或碎而松，或大块可旋成盘者。大营盘处亦以此为课程抽分，不假人力，乃天成也。予友完者经历、夏石岩经历，皆曾以此盐遗余，彼亦尝亲历其地。缣缣州即今南城缣州营，是其子孙也。自大都至彼一万四千里，与怯里吉思为邻境，过此即海都家望高处也。

　　至元四年，天历太后命将作院官以紫绒金线翠毛孔雀翎织一衣段，赐伯颜太师，其直计一千三百定，亦可谓之服妖矣。罗国器总管尝董其工云。

　　至元四年，大都金玉局忽满地皆现钱文，视之如印成者。其中居人陶小三尝以有文之土数块遗予，数年后看之，文皆不见。今通用铜钱，岂非先兆耶？

　　松江府青村盐场有林清之者，后至元丁丑，空中有芦一枝在前，继有钞随而飞之，村中见者皆焚香有乞降之意，竟坠于林清之之家，排置于神阁被版之上，其家迄今温饱。按《幽冥录》载：海陵黄郛先贫，风雨中飞钱至其家，触园篱，误落无数，余处皆拾得，后富至十万，擅名江北。以此观之，诚有此事。

　　桑哥丞相当国擅权之时，同僚张左丞、董参政者，二公皆以书生自称，凡事有不便者，多沮之。桑哥欲去之而未能。是时都省告状揰箱，乃暗令人作一状投之箱中，至午收状，当日省掾须一一读而分拣之，中有一状，无人名事实，但云："老书生，小书生，二书生坏了中书省。不言不语张左丞，铺眉拓眼董参政，也待学魏徵，一般俸读作捧。请。读作情。"桑哥佯为不解其说，趣省掾再读之不已。张起身云："大家飞上梧桐树，自有傍人话短长。"一笑而罢。语虽鄙俚，亦一时机变也。

聂以道,江西人,为□□县尹。有一卖菜人,早往市中买菜,半路忽拾钞一束。时天尚未明,遂藏身僻处,待曙检视之,计一十五定,内有五贯者,乃取一张买肉二贯,米三贯,置之担中,不复买菜而归。其母见无菜,乃叩之,对曰:"早于半途拾得此物,遂买米肉而回。"母怒曰:"是欺我也。纵有遗失者,不过一二张而已,岂有遗一束之理,得非盗乎?尔果拾得,可送还之。"训诲再三,其子不从。母曰:"若不然,我诉之官。"子曰:"拾得之物,送还何人?"母曰:"尔于何处拾得?当往原处候之,伺有失主来寻,还之可也。"又曰:"吾家一世未尝有钱买许多米肉,一时骤获,必有祸事。"其子遂携往其处。果有寻物者至,其卖菜者本村夫,竟不诘其钞数,止云失钱在此,付还与之。傍观者皆令分赏,失主靳之,乃曰:"我失去三十定,今尚欠其半,如何可赏?"既称钞数相悬,争闹不已,遂闻之官。聂尹覆问,拾得者其词颇实,因暗唤其母复审之,亦同,乃令二人各具结罪文状,失者实失去三十定,卖菜者实拾得十五定。聂尹乃曰:"如此,则所拾之者非是所失之钞,此十五定乃天赐贤母养老。"给付母子令去,喻失者曰:"尔所失三十定,当在别处,可自寻之。"因叱出。闻者莫不称善。

至元间,有一御史分巡,民以争田事告之曰:"此事连年不已,官司每以务停为词,故迁延之。"御史不晓务停之说,乃谕之曰:"传我言语,开了务者。"闻者失笑。又至正间,松江有一推官,提牢至狱中,见诸重囚,因问曰:"汝等是正身耶?替头耶?"狱卒为之掩口。又一知府到任,村民告里正把持者,怒曰:"以三十七打罢这厮!"若此三人者,卤莽如此。昔宋仁宗朝,张观知开封府,民犯夜禁,观诘之,曰:"有见人否?"众传以为笑。一语之失,书诸史册,百世之耻,可不慎欤?

至顺间,余与友人送殡,见其铭旌粉书云:答剌罕夫人某氏。遂叩其家人,云:"所书答剌罕,是所封耶?是小名耶?"答曰:"夫人之祖,世祖皇帝收附江南时,引大军至黄河,无舟可渡,遂驻军。夜梦一老曰:'汝要过河无船,当随我来。'引之过去,随至岸边,指视曰:'此处可往。'遂以物记其岸。及明日,至其处,踌躇间,有一人曰:'此处可往。'想其梦,遂疑其说。上曰:'你可先往,我当随之。'其人乃先行，大军自后从之，果然此一路水特浅可渡。既平定，上欲赏其功，其人曰：'我富贵皆不愿，但得自在足矣。'遂封之为答剌罕，与五品印，拨三百户以养之。今其子孙尚存。"余每以此事叩人，皆未有知者。

李朵儿只左丞，至元间为处州路总管。本处所产荻蔗，每岁供给杭州砂糖局煎熬之用。糖官皆主鹘回回，富商也，需索不一，为害滋甚。李公一日遣人来杭果木铺买砂糖十斤，取其铺单，因计其价，比之官费有数十倍之远，遂呈省革罢之。又箭竹亦产处州，岁办常课军器，必资其竹，每年定数，立限送纳杭州军器提举司。及其到司，跋涉劳苦，何可胜言，而司官头目箭匠方且刁蹬，否则发回再换。李公到任，知有此弊，乃申省云："竹箭固是土产，为无匠人可知，故不登式，乞发遣高手头目匠人来此选择起解，庶免往返之劳。"从之。迄今无扰。此皆仁政之及民者如此。左丞唐兀人，汉名希谢，号贺兰，官至江西左丞。余按，周世宗时王祚为随州刺史，汉法禁牛革，辇送京师，遇暑雨多腐坏。祚请班铠甲之式于诸州，令裁之以输，民甚便之。适与二事相同，漫书于此，观者或可触类而长，则利民之事足有为也。

北庭王夫人，举月思的斤。乃阿怜帖木儿大司徒北庭文贞王之妻也。一日，有以马鞭献王，制作精最。王见而喜之，鞭主进云："此鞭之内，更有物藏其中。"乃拔靶取之，则一铁简在焉。王益喜，持归以示夫人，取钞酬之。夫人大怒曰："令亟持去！汝平日曾以事害人，虑人之必我害也，当防护之。若无此心，则不必用此。"闻者莫不韪之。

阿怜帖木儿文贞王一日为余言："我见说娄师德唾面自干为至德之事，我思之，岂独说人，虽狗子亦不可恶它。且如有一狗自卧于地，无故以脚踢之，或以砖投之，虽不致咬人，只叫唤几声，亦有甚好听处？"

脱脱丞相，即倚纳公。康里人氏，延祐间为江浙丞相。有伯颜察儿为左平章，咨保宁国路税务副使耶律舜中为宣使。一日，平章谕该吏曰："我保此人乃风宪旧人，及其才能，正当选用。"嘱之再三曰："汝可丞相前覆说之。"丞相曰："若说用则便用之，若说选则不必提也。"只分别用选二字，言简而意尽，姑书之以备言行录之采择焉。公又访知杭州过浙江往来者不便，乃开旧河通之。此河钱王时古河也，因高宗造德寿宫湮塞之。公相视已定，州县与富豪通交，沮以太岁之说为疑。至日，公自持镢一挥而定。往年每行李一担，费脚钱二两五钱，今以一担之费买舟，则十担一舟能尽，其利可谓溥矣。

应中甫本，钱唐人，壮年笃志学道，得请仙降笔法甚验，每在杭州万松岭上同志家为之。过数日，欲设祭，将之供，适无钱，降仙告归不许，漫以借钱叩之，乃允，降笔云："适有鼇翁平章即贾似道。在此，可立约借汝。"遂写契，以金纸甲马同焚炉中。复书曰："汝二人可往葛岭相府故居大银杏树下稍西有草一茎长而秀者，就此处掘之，可得。"二人遂买舟过湖，至其所，不见是草，因以瓦半片祝之曰："大仙果有此钱，则当引而去之。"祝毕，其瓦即有动意。中甫乃以手扶瓦，随其所往，行至树西，静视之，果有长草在焉。遂掘深二尺许，唯见粗石屑数块，余无他物。因再祝曰："恐此即是。"瓦卓地应之，遂持以回。复叩仙曰："此石当何为之？"仙书曰："当用炉作汁。"二人因借炉投石炼之，少顷闻炉中如淬水声，视之，则溜汁下炉，取出皆白银也。往三桥银铺货得钞三十两，以为祭物用。数月后，因别事忽仙书云："应生所借之钱免汝还，有元约可向炉中取之。"如言而往炉中拨其灰，则元约止烧去上下空纸，有字者俱在。岂谓无仙耶？中甫，儒者也，外貌矍铄，为人敦笃，有膂力，能手搏，无与敌者。所传乃刘千和尚之派，每欲以此事教人，非忠孝者不传，不得其人，遂无传焉。卒于至正己丑，时年七十有八。

至正四年七月二十四日，松江府上海李君佐偕张四，洎同行者六人，过上海浦东待渡。时日已西矣，见一青色鸡，朝北立于日上，独不见其足。李下马，六人俱拜，伫观至没而去。

吴巽字叔巽，尝应天历己巳举至都，对余言：某初两举皆不第，忽得一梦，有人言黄常得时你便得，遂改名为黄常，亦不中。即复今名。至此举，乡试乃黄常为本经诗魁，省试则黄常与吴巽榜上并列其名。其吴黄常解据亦并在箧中，梦之验有如此者。

厉周卿，婺州人，能卜术。天历间游京师。一日，余写一上字卜之，厉即对本钞录，姓名出处之说，皆如见，后一段云："商量更改事，佳会喜金羊。寅巳同申主，好事喜非常。"其应果在十年后，岂非万事皆分定也。

剌剌拔都儿乃太平王将佐。后至元三年，杀唐其势大夫于宫中，外未之觉也。因其余党皆在上都东门之外，伯颜太师虑其生变，亲领三百余骑往除之。剌剌望见尘起，疑有不测，乃入帐房中，取手刀弓箭带之，上马，遇诸途，短兵相接，而以其手刀挥之，将近伯颜太师之马，而刀头忽自坠地，遂逃以北，乃追回杀之。且剌剌名将也，岂有折刀之说？后询其故，乃半月前此刀曾坠地而折，家人惧其怒，虚装于鞘中。事非偶然，岂人力可致。

徐子方^琰，至元间为陕西省郎中。有一路申解到省内，误漏落一圣字。案吏欲问罪，指为不敬，徐公改云："照得来解内第一行脱漏第三字，今将元文随此发去，仰重别具解申来。"前辈存心如此，亦可为吹毛求疵之戒。

孙子耕者，杭人，与新城豪民骆长官为友。元统间，骆犯罪流奴儿干，孙以友故，送至肇州而回。交谊如此，诚不减古人也。

元统间，余为奎章阁属官，题所寓春帖曰："光依东壁图书府，心在西湖山水间。"时余崐山为江浙儒学提举，写春帖付男^峒置于山居，则曰："官居东壁图书府，家住西湖山水间。"偶尔相符，亦可喜也。

韩子中^中，曹州定陶人，至正初为大都路知事。乃父在家，一日，忽移家去河六十里。人问其故，答曰："井水北流，则泉脉近矣。不久当有水患。"未及半年，定陶之地半为水矣，惟韩公无遗失之患。亦可谓先见之明者。

陈云峤^柏，泗州人，陈平章之孙也。倜傥不羁，人以为陈颠称之。后至元五年，为余姚州同知，因病求医于杭，稍愈，值重阳日，遂邀张伯雨及余同登高。是时云峤寓赤山李叔固丞相先茔，余二人往焉。乃扶杖游水乐洞，憩石屋寺前，露坐闲谈。云峤因自言曰："我前身僧也。泗州塔寺有住持者，皆名之为老佛，斋戒精严。一日，呼侍者令作血脏羹，欲食之。侍者曰：'老佛一世持斋，何故有此想？'乃不从。遂怒之，拂袖而去，见陈平章曰：'我特来索血脏羹吃。'平章亦以斋戒为答。佛曰：'元来你也是不了事汉。'平章遂作此羹啖之。即归寺，乃别大众而作偈曰：'撞开平屋三层土，踏破长淮一片冰。'遂跌坐而逝。荼毗之日，舁其龛至淮河岸，冰合已久，举火之次，忽大响一声，则河冰自裂。时平章在府中，见老佛入于堂，问之，则后堂报生一子，即某也。"言毕，回饮于寓所而散。明日，伯雨送登高诗，而颈联有"百年身付黄花酒，万壑松如赤脚冰"之句。余和韵云："方外弟兄存晚节，人间富贵似春冰。"云峤曰："我无冰字，且只以长淮一片冰答之。"不数日，云峤告殂。岂非说破话头而致然也。

余家藏竹龟一，乃古人以老竹片所制，首尾四足皆他竹外来者，窍小，两头倍大，可转动而不可出，故用纵横之竹，纹理显然。背载三截碑牌一，两侧有转轴十，亦外来之，轴首大腰细，不知何法得入。遍叩匠者，皆莫晓所谓，特以鬼工称之。

余为太史院官时，吏云：本院库中有汉高祖斩白蛇剑藏焉。余按晋太康中，武库火，已毁此剑，何缘更有？每欲过目，因循未克。又闻官库有昭君琵琶，天历太后以赐伯颜太师妻，今不知何在。又大都钟楼街富民家藏宣圣履在焉。

胆巴师父者，河西僧也。大德间，朝廷事之，与帝师并驾。适德寿太子病瘝而薨，不鲁罕皇后遣使致言于师曰："我夫妇以师事汝至矣，止有一子，何不能保护耶？"师答曰："佛法譬若灯笼，风雨至则可蔽，若尔烛尽，则灯笼亦无如之何也。"可谓善于应对。

余家藏石子一块，色青而质粗，大如鹅弹，形差匾，上天然有兜尘观音像在焉，虽画者亦莫能及。或加以磨洗，则精神愈出，诚瑞应也。

上海县士人庄蓼塘者，藏书至七万卷。其子欲售之买者，积年无有好事者，可见其鲜。

余外祖英德路治中冯公世安园中茶花一本，其花瓣颜色十三等，固虽出人为，亦可谓善夺造化之巧者。

余任太史同佥，特旨令知天象事。后至元六年七月朔，灵台郎张某来请甚急，及同到院，则李院使者肃襟以待曰："夜来景星见，此祥兆也，可即往奏闻，我辈当有厚赐。"余乃以奏目画图，考之志书殊异。余曰："虽见于晦日，形则少异。且景星之现，当有醴泉出，凤凰来，朱草生，庆云至，而相副之。今陕西灾疫，腹里盗贼，福建反叛，恐非所宜，何天道相反如是耶？"李公之意颇坚，折之不已。余曰："今见者惟灵台监候六人也。万一或有天下共见之凶兆，当何如耶？"遂答曰："伺再见即闻。"乃止。越九日，太白经天，由是言之。凡事不可造次也如此。

余幼侍坐于赵子昂学士席间，适写神陈鉴如持赵公影草来呈，公援笔与之自改，且言所以未然之故。笔至唇，乃曰："何以为之人中？若以一身之中言之，当在脐腹间，指此名之曰中，何也？盖自此而上，眼、耳、鼻皆双窍，自此而下，口泊二便皆单窍，成一《泰卦》耳。由是之故，因以此名中也。"满座为之敬服。

皇元累朝即位之初，必降诏诞布天下，惟西番一诏用青纻丝粉书诏文，绣以白绒，穿珍珠网于其上，宝用珊瑚珠盖之。如此赍至其国，张于帝师所居殿中，可谓盛哉！

铜虎符，好事之家多珍藏者，不过或左或右，止存一边。独余家所藏全体具在，背上各有篆书某处发兵符一行，腹下真书十干，唯戊癸二字合全，余八字皆半于腹内，作牝牡五窍斗合之。古人关防之密如此。余因见河南盗杀省臣之事，屡欲以此言之，事乃不偶，且深藏以待举行，当致诸有司以取制作之度。

瞿运使霆发，上海巨室也。尝有贫士伪作张文质运使书持以干公，公得书即命干者以钞三定助行。干者知其伪，沮之未与。越数日，贫士复见公于轿前，公乃驻轿命即取五定，加以温言，慰而遣之。干者白其语于公，公曰："汝知之乎，人何不作书干你，何怪之有？"闻者咸服其度量云。

瑀于至元六年二月十五日夜御前以牙牌宣入玉德殿，亲奉纶音，黜逐伯颜太师之事。瑀首以增粜官米为言，时在侧者皆以为迂。瑀曰："城门上钥明日不开，则米价涌贵，城中必先哄噪。抑且使百姓知圣主恤民之心，伯颜虐民之迹，恩怨判然，有何不可？"上允所奏，命世杰班殿中传旨，于省臣增米铺二十，钞到即粜。都城之人，莫不举手加额，以感圣德。

大都长春宫有桃核半个，其大如掌，至今以为常住镇库之物。余尝观之，诚希有也。蟠桃之说，宁或果有之乎？古者王琇遇仙，与桃核大如斗，磨而服之，愈疾延年，今则未闻也。桃核扇之说，是其类耳。

不鲁罕皇后出居东安州日，其地多蛙，朝夕喧噪不已。苦其烦聒，乃遣人喻旨，令止之。众蛙为之屏息。迄今蛙不鸣，亦异事也。

瑀尝以简易小日晷进之于上，其大不过三寸许，可以马上手提测验，深便于出入。上命太史院官重为校勘，比之江浙日晷多半刻，再以上都校之，又长半刻。南北地势不同者如此。

后至元四年，因伯颜太师称寿，百官填拥。中丞耿焕年迈颠踬于地，踏伤其胁而出。

后至元年间，阿怜帖木儿大司徒知经筵事，乃子沙剌班亦为奎章阁侍书学士兼经筵官。班公以父子辞避之，上终不允所请，乃并列焉。

至正七年，社稷署太祝张从善，都城巨室也，方四十即致仕。尝预营寿室，解石版为穴门，石中忽有纹成松石，虽绘画者不如也。观者填门，因以为碑而置坟墙之中。翰林学士欧阳玄、侍讲学士揭傒斯皆为寿松记刻石以表瑞，后附致碑本示余求诗，漫以一绝赋之曰："举世纷纷名利间，达生轻禄古今难。天生瑞兆为君寿，寄我山中作画看。"

鲜于伯机枢一日宴客，呼名妓曹娥秀侑尊。伯机因入内典馔未出，适娥秀行酒，酒毕，伯机乃出。客曰："伯机未饮酒。"娥秀亦应声曰："伯机未饮。"座客从而和之曰："汝何故亦以伯机见称？可见亲爱如是。"遂佯怒曰："小鬼头焉敢如此无礼？"娥秀答之曰："我称伯机固不可，只许你叫王羲之乎？"一座为之称赏。

上海县农家一老妪，被雷击死，少顷复苏。里中咸往视之，问其故，妪云唯闻"错了"，余无所见。时口中有药一丸尚存，因吐出手中示人。邻人俞生者夺而吞之。越一年，俞生病喉痛数载。一日，因怒咳痰于地，闻有声，乃拨痰寻之，内有一物，状如李核，光莹而黄色，以斧凿击之不碎，喉痛遂止。

杭州盐商施生者，至正八年，其家猪栏中母猪自唼其子。喂猪者往箠之，忽为人言曰："因你不喂我，自食我子，干你何事？"喂猪者大惊，往报施生。生往视之，傍观者或曰可杀，或曰货之。猪复言曰："我只少得你家三十七两五钱，卖我还你便了，何必闹？"遂卖之，果得三十七两五钱而止。古有中宵牛语之说，诚不诬也。

沙剌班学士者，乃今上之师也，日侍左右。一日，体倦，于便殿之侧偃卧，因而睡浓。上自以所坐朵儿别真<small>即方褥也。</small>亲扶其头而枕之。又班公尝于左额上生小疖，上亲于合钵中取佛手膏摊于纸上，躬自贴之。比调羹之荣，可谓至矣。

镔铁胡不四世所罕有，乃回回国中上用之乐，制作轻妙。余每询之铁工，皆不能为也。今归平江巨室曹氏。

阔阔歹平章之次妻，高丽人也。寡居甚谨。其子拜马朵儿赤知伯颜太师利其家所藏答纳环子，遂以为献。伯颜即与闻之于上，乃传旨命收继之。高丽者款以善言，至暮，与其亲母逾垣削发而避之。伯颜怒，奏以故违圣旨之罪，遂命省台泪侍正府官鞫问之。奉命唯务锻炼。适有侍正府都事帖木儿不花<small>汉名刘正卿。</small>者，深为不满。时问事中秉权者阔里吉思国公，正卿朝夕造其门，委曲致言曰："谁无妻子，安能相守至死？得守节者，莫大之幸，反坐之罪，非盛事也。"遂悟而止。正卿，蒙古人，廉直寡交，家贫至孝，平日未尝嬉笑，与余至契。公退必过门，言所以，故知此为详。至正初拜御史而卒。

至元六年冬仲，皇帝亲祀太庙。期迫，创制衮冕，猝不能办。适有英庙元制二副，已用一副，未经用者一副见存，皆以旧物为不宜而沮之。惟余与欧阳学士所言相同，解之曰："若以此物为不宜，则玉玺、宫殿、龙床未尝更易，何独以此为忌也？"众议遂息。乃独易一中单，余皆就用之。

枢密院同知帖木达世，后至元六年，中书右丞缺，众议欲以某人为之，近侍世杰班力以帖木达世为荐，至甚恳切，上乃允其请。后累迁官至左丞相卒，不知世杰班之举，班亦未尝齿及之，可谓厚德人也。

至正七年，余至鹤砂访旧，馆于草堂张梅逸之家。因动问梅逸去年得疾之由，后服何剂而愈，曰："始因气而得之，方当危困之际，忽于清旦似梦非梦，有神语之曰：'一闻异事，其病立差。'次日婿偕门僧来问疾，语及场前龙降一事，极其异常，闻之矍然，疾乃如失。"予因问所以异。有乡中豪强之家，平日恃富凌贫，靡所不为，累挟官势，排陷平人者多矣。先一日，有佃户来诉作商为人所负，欲报之其主。因呼场吏，欲诬以在逃灶户藏于其家，而挤陷之。吏曰："若然，必破其家，非阴骘事。"不允。固唉以利，吏亦不从。乃遣爪牙名某者往迫之，吏不得已，许以来日从事。是日，忽二龙降于豪强之家，凡厅堂所有，床椅窗户，皆自相奋击，一无完者。摄一舟决颐如口衔于爪牙者当门之槛，牢不可脱。讼者之舟摄覆平地，谋讼者压折左肱几死。龙所过之地，作善之家分毫无犯，凡平日之强梁者，多破产焉。豪强寻亦遭讼，今渐费荡。呜呼！龙之有神，古所闻也。龙能彰善瘅恶，古所未闻也。愚民自以为天道冥冥，今观斯事，神岂远乎哉？闻之者足以为戒也。

大德三年七月十八日，中书省奏准禁捕秃鹜。盖因扬州淮安管内，蝗虫为害，忽有秃鹜五千余，恬不惧人，以翅打落蝗虫，争而食之。既饱，吐而再食。遂致消弭。迄今著于禁令，载之《至正条格》。

伯颜太师所署官衔曰元德上辅广忠宣义正节振武佐运功臣、太师、开府仪同三司、秦王答剌罕、中书右丞相、上柱国、录军国重事、监修国史兼徽政院侍正昭功万户府都总使、虎符、威武阿速卫亲军都指挥使司达鲁花赤、忠翊侍卫、亲军都指挥使、奎章阁大学士、领学士院、知经筵事、太史院、宣政院事、也可千户、哈必陈千户达鲁花赤、宣忠干罗思扈卫亲军都指挥使司达鲁花赤、提调回回汉人司天监、群牧监、广惠司、内史府、左都威卫使司事、钦察亲军都指挥使司事、宫相都总管府领太禧、宗禋院兼都典制神御殿事、中政院事、宣镇侍卫亲军都指挥使司达鲁花赤、提调宗仁蒙古侍卫亲军都指挥使司事、提调哈剌赤也不干察儿、领隆祥使司事，计二百四十六字，此系至正五年五月所署之衔也。

范舜臣天助，汴人，世为名医，博学多能，尤精于天文之书。至顺间，为永福营膳司令。尝与余言：影堂长明灯每灯一盏，岁用油二十七个。此至元间官定料例，油一个该一十三斤，总计三百五十一斤。连年着意考之，乃有余五十二斤，则日暑之差短明矣。永福营膳司所掌青塔寺影堂也。

天历初，建奎章阁于西宫兴圣殿西廊，择高明者三间为之。南间以为藏物之所。中间学士诸官候直之地。北间南向中设御座，两侧陈设秘玩之物，命群玉内司掌之。阁官署衔初名奎章阁学士，阶正三品，隶东宫属官。后文宗复位，乃升为奎章阁学士院，阶正二品，置大学士五员，并知经筵事；侍书学士二员，承制学士二员，供奉学士二员，并兼经筵官。幕职置参书二员，典签二员，并兼经筵参赞官；照磨一员，内掾四名，内二名兼检讨；宣使四名，知印二名，译史二名，典书四名。属官则有群玉内司，阶正三品，置监群玉内司一员，司尉一员，亚尉二员，金司二员，典簿一员，令史二名，典吏二名，司钥二名，司膳四名，给使八名，专掌秘玩古物。艺文监，阶正三品，置太监兼检校书籍事二员，少监同检校书籍事二员，监丞参检校书籍事二员，或有兼经筵官者，典簿一员，照磨一员，令史四名，典吏二名，专掌书籍。鉴书博士司，阶正五品，置博士兼经筵参赞官二员，书吏一名，专一鉴辨书画。授经郎，阶正七品，置授经郎兼经筵译文官二员，专一训教怯薛官大臣子孙。艺林库，阶从六品，置提点一员，大使一员，副使一员，司吏二名，库子一名，专一收贮书籍。广成局，阶从七品，置大使一员，副使一员，直长二员，司吏二名，专一印书籍，已上书籍乃皇朝祖宗圣训及番译《御史箴》、《大元通制》等书。特恩创制牙牌五十于上，金书"奎章阁"三字，一面篆字，一面蒙古字、畏吾儿字，令各官悬佩，出入无禁。学士院凡与诸司往复，惟札书参书厅行移。又命侍书学士虞集撰《奎章阁记》，文宗御书，刻石禁中。先时，燕帖木儿太平王为丞相，系衔署奎章阁大学士，领学士院事。后伯颜秦王为丞相，系衔亦如之。

奎 章 阁 记

大统既正，海内定一，乃稽古右文，崇德乐道。以天历二年三月作奎章之阁，备燕闲之居。将以渊潜退思，缉熙典学。乃置学士员，俾颂乎祖宗之成训，毋忘乎创业之艰难，而守成之不易也。又俾陈夫内圣外王之道，兴亡得失之故，而以自儆焉。其为阁也，因便殿之西庑，择高明而有容，不加饰乎采斫，不重劳于土木，不过启户牖以顺清燠，树庋阁以栖图画而已。至于器玩之陈，非古制作中法度者不得在列。其为处也，跬步户庭之间，而清严邃密，非有朝会祠享、时巡之事，几无一日而不御于斯。于是宰辅有所奏请，宥密有所图回，诤臣有所绳纠，侍从有所献替，以次入对，从容密勿，盖终日焉，而声色狗马不轨不物者无因而至前矣。自古圣明睿知，善于怡心养神，培本浚源，泛应万变而不穷者，未有易乎此者也。盖闻天有恒运，日月之行不息矣。地有恒势，水土之载不匮矣。人君有恒居，则天地民物有所系属而不易矣。居是阁也，静焉而天为一，动焉而天弗违，庶乎有道之福，以保我子孙黎民于无穷哉！

至顺辛未孟春三日，御书于奎章阁，瑀被赐墨本，特以天历、奎章二宝印识于其上。

皇朝昔宝赤，即养鹰人也。每岁以初按海青获头鹅者即天鹅也。赏黄金一定。

皇朝贵由赤，即急足快行也。每岁试其脚力，名之曰放走。监临者封记其发，以一绳拦定，俟齐，去绳，走之。大都自河西务起至内中，上都自泥河儿起至内中，越三时行一百八十里，直至御前，称万岁礼拜而止。头名者赏银一定，第二名赏段子四表里，第三名赏二表里，余者各一表里。

至治二年，江西廉访金事哈剌书吏毕宗远奏：差陈汝楫巡按至瑞州路，一日看卷之际，金事见鼓楼上红衣人往来，问他人皆不见之。少顷，雷雨大作，电光直入厅事旋绕，随至卷所。宗远亟逾权栏而出，髭鬓悉为雷火所燎，文卷被羊角风掣去，旋入云霄，竟不知落于何处。陈汝楫击死于地。泰定间，宗远侍父毕敬之来松江为庸田使，亲言此事。

至正七年八月十二日，上海浦中午潮退，未几复至，人皆异之。费子伟万户亲与余言。

松江府下砂场第四灶盐丁顾寿五妻王氏，始笄适顾，生子女五人。至大辛亥复有孕，及期临蓐，七日不娩，仍如故，腹亦不加长。每嘱之家人曰："我死后焚我，勿待尽，必取腹中物视之，以明此疾何也。"至正庚寅十月二十五日，因胎动腹痛而死。越二日，火化，家人果取物视之，则胞带缠束甚紧，剖之，乃一男胎，其肋骨如铁之坚。计之，怀胎四十年矣。其妇甲戌生，死年七十有七。

至正间，别怯儿不花为江浙丞相，尽以本省所管土人不得为掾史。时左丞佛住公曰："若如此回避，则都省掾当以外国人为之。"

至元间，乃颜叛，以其余党徙居于庆元之定海县。延祐初，倚纳脱脱公为江浙丞相，其党人屡以水土不安乞迁居善地，诉之不已。公曰："汝辈自寻一个不死人的田地来说，当为汝迁之。"遂绝。

揭曼硕学士有题《秋雁》诗云："寒向江南暖，饥向江南饱。莫道江南恶，须道江南好。"

新月每见于大二小三之说，盖为前月小则后月初三见，前月大则初二日见。至正七年九月小，忽十月初二日已见，漫识于此，以问诸保章，恐历法之差尔。

至正七年丁亥十二月朔旦，虹见于西北，竟天至东南，少顷，微雨。是岁九月二十四日至十月初一日五日，骤雨雷电大作，初二日大风极冷而止。变在嘉兴城中，未知他郡同否。

至正戊子小寒后七日，即十二月望，申正刻，四黑龙降于南方云中，取水，少顷，又一龙降东南方，良久而没。俱在嘉兴城中见之。

至正戊子正月十八日，钱塘江潮比之八月中潮倍之数丈，沿江民舍皆被不测之漂，一时移居者甚众。

《图画见闻志》载：张文懿公有玉画叉。余家藏有古玉画叉一枚，是非文懿公之物耶？姑识于此。

余屡为滦京之行，每宿于李老峪酒肆。其家比之他屋稍宽敞焉。其屋东大楣中发一灵芝，茎长三尺余，斜倚其上，人以为常。及余山居宝云山上，不时生芝，不以为奇。余思大成殿瑞芝及宋徽宗时进芝称贺，以此观之，何足为贺也？

湖南益阳州每有人夜半忽自相打，莫晓所谓，名之曰沙魇。土人知此证者，唯以冷水浇泼，稍定，以汤水饮之，徐徐方醒，二三日即如醉中不知者，殊用惊骇。上海县达鲁花赤兀讷罕至正初为本州同知，因造漆器，匠者八人一夕作闹，亲历此事，尝与余言之。

至正辛卯十一月癸酉冬至后三日，即二十七日，夜雨至四更时，霹雳雷电大作，其雨如注，天明乃止。时侨居松江下砂。后闻十二月初二日，杭州又复雷电大雨。

徐子方琰为浙西宪使，南台札付为根捉朱九，即朱张之子。行移海道府，回文言往广州取藤枙去了。以此回宪司，再行催发，海道府复云已在大都。台复驳前后所申不一，取首领官吏招伏缴申。徐公乃云："先言远而后言近，远者虚而近者实。依实而申，焉敢不一。所据取招一节，乞赐矜免。"台官为之愧服。

李和，钱塘贫士也。国初时尚在，鬻故书为业，尤精于碑刻，凡博古之家所藏，必使之过目。或有赝本，求一印识，虽邀之酒食，惠以钱物，则毅然却之。余生晚矣，失记其颜貌。先父枢密洎姻家应中父常称道之，漫书于此，以砺仕宦者之志云。余家藏万年宫碑阴题名，后有李和鉴定，石刻印识见存。

尚酝蒲萄酒，有至元、大德间所进者尚存，闻者疑之。余观《西汉·大宛传》，富人藏蒲萄酒万石，数十年不败。自古有之矣。

《图画见闻志》载：唐刺史王倚有笔一管，稍粗于常用笔，管两头各出半寸，中间刻从军行一铺，人马毛发、亭台远水无不精绝。每一事刻从军诗两句，似非人功。其画迹若粉描，向明方可辨之，云用鼠牙雕刻。崔铤文集有《王氏笔管记》，其珍重若此。余尝闻大都钟楼街富室王氏有玉箭，杆圆环一如钵遮环之状，差小，上碾《心经》一卷。及闻先父枢密言：先见竹龟一枚，制作与余所藏相同，但其碑牌中以乌木作牌，象牙为字，嵌《孝经》一卷于其上。其碑不及一食指大。以此观之，二物尤难于笔管多矣，人皆以为鬼工也。

《酉阳杂俎》载：齐日升养樱桃，至五月中，皮皱如鸿柿不落，其味数倍，人不测其法。今西京每岁冬至前后进花红果子，色味如新。其地酷寒，比之内地尤难收藏，诚可珍也。余屡拜赐焉。

至正十一年夏，余于松江普照寺僧房见一敝帚开花，僧云此帚已七八年矣。今似此者甚多。嘉兴路儒学阍人陶门者，其家磨上木肘忽发青条，开白花。时应才为学正，陶持以示其家人。吴江州分湖陆孟德言：其邻铁匠庞氏者，其家一柳桩坫铁砧十余年，今岁忽发长条数茎，如苇帚开花，皆以为常。余观《宋史·刘光世传》：光世以枯秸生穗闻于朝，帝曰："岁丰人不乏食，朝得贤辅佐，军有十万铁骑，乃可为瑞。此外不足信。"时建炎三年也。以时事观之，岂非草木之妖欤？

罗世荣字国器,钱唐人。后至元丙子,为行金玉府副总管。有匠者慢工,案具而恕之,同僚询其故,罗曰:"吾闻其新娶,若挞之,其舅姑必以妇为不利,口舌之余,则有不测之事存焉,姑置之。"余按宋曹彬知徐州日,有吏犯罪,既具案,逾年而杖之,人莫知其故。彬曰:"吾闻此人新娶妇,若杖之,彼其舅姑必以妇为不利而朝夕笞詈之,使不能自存,吾故缓其事。然法亦未尝屈焉。"二事适相符,并识于此,抑亦仁人之用心也。

畏吾儿僧间间,尝为会福院提举,乃国朝沙津爱护持_{汉名总统}。南的沙之子,世习二十弦,_{即箜篌也}。悉以铜为弦,余每叩乐工,皆不能用也。唐人贺怀智以鹍鸡筋为弦,欧阳文忠公诗"杜彬皮作弦",后人多疑之,以此观之,或者亦可为尔。铜弦则余亲见闻也。庸田监司左答那失里乃间间之亲弟。

丁卯进士萨都剌天锡《宫词》:"深夜宫车出建章,紫衣小队两三行。石阑干畔银镫过,照见芙蓉叶上霜。"人莫不脍炙之。予以为拟宋宫词则可,盖北地无芙蓉,宫中无石阑干,擎执宫人紫衣大朝贺则于侍仪司法物库关用,平日则无有也。宫车夜出,恐无此理。又《京城春日》诗:"燕姬白马青丝缰,短鞭窄袖银镫光。御沟饮马不回首,贪看柳花飞过墙。"国朝有禁御沟不许洗手饮马,留守司差人巡视,犯者有罪,故宋显夫《御沟》诗有"行人不敢来饮马,稚子时能坐钓鱼"之句,可谓纪实矣。

皇朝设内八府宰相八员,悉以勋贵子弟为之,禄秩章服并同二品,例不受宣,唯奉照会礼上,寄位于翰林院官扫邻。_{即宫门外会集处也}。所职视草制词,如诏敕之文,又非所掌,院中选法杂行公事,则不与也。

余山居西濒湖有养乐园,乃贾似道之故居,今则江州路同知西域人居之。至正九年夏,其家生一鸡骈首,恶而弃之于水。十二年,红巾毁其屋,残其家。亦妖孽之先兆也欤?

大德间,回回富商以红剌一块,重一两三钱,申之于官,估直十四万定,嵌于帽顶之上。累朝每于正旦与圣节大宴则服用之,玙尝拜观焉。

至正癸巳冬，上海县十九保村中鸡鸣不鼓翼，民谣曰："鸡啼不拍翅，鸦鸣不转更。"

《汉书》中有录囚，《唐书》中有虑囚，《集韵》载录音力居切，分晓。是录囚其义且明白，盖北音录为虑。高丽人写私书皆以乡音作字，中国人观之皆不可知。余尝见绦环二字写作唾环，余皆类此。《唐书》一时书手误写，后人因而讹之。

延祐间，都城有禁不许倒提鸡，犯者有罪。盖因仁皇乙酉景命也。

至元末年尚有火禁，高彦敬克恭为江浙省郎中，知杭民藉手业以供衣食，禁火则小民屋狭，夜作点灯必遮藏隐蔽而为之，是以数致火患，甚非所宜，遂弛其禁，杭民赖之以安。事与廉叔度除成都火禁之意一也。余因书之，俾后人知公之德政利人者如此。

后至元间，伯颜太师擅权，尽出太府监所藏历代旧玺，磨去篆文，以为鹰坠，及改作押字图书，分赐其党之大臣。独唐则天一玺，玉色莹白，制作一如官印，璞仅半寸许，不可改用，遂付艺文监收之。一时阁老诸公，皆言则天智者，特以其把手高耸于上，璞薄而文深，使后人不可改作，故能存之。国朝凡官至一品者，得旨则用玉图书押字。文皇开奎章阁，作二玺，一曰"天历之宝"，一曰"奎章阁宝"，命虞集伯生篆文。今上皇帝作二小玺，一曰"明仁殿宝"，一曰"洪禧"，命瑀篆文。洪禧小玺，即瑀所上进者，其璞纯白，上有一墨色龟纽，观者以为二物相联，实一段玉也，上颇喜之。

王叔能参政题一钱太守庙诗云："刘宠清名举世传，至今遗庙在江边。近来仕路多能者，学得先生要大钱。"

北庭文定王沙剌班，号山斋，字敬臣，畏吾人，今上皇帝之师也，上尝御书"山斋"二大字赐之。至元后庚辰，为中书平章。一日，公退为余言曰："今日省中有一江西省咨曾某告封赠者，吏胥作弊，将曾字添四点以为鲁字，中间亦有只作曾字者，欲折咨之。"余曰："即照行止簿便可明也。"簿载曾姓相同，吏弊显然。僚佐执以为疑，公曰："为人在世，得生封者几人？何况区区七品虚名，又非真授。纵吏不是改，亦何妨？若使往返，非一二年不可，安知其可待否？且交为父母者生拜君恩，不亦悦乎?"力主其说而行之。诚可谓厚德君子也。余观《中兴系年录》载：魏矼字邦达，为考功员外郎，选案不存，吏缘为奸，川陕官到部者多以微文沮抑，往返辄经年。矼请细节不圆处悉先放行，人以为便。

教坊司、仪凤司旧例依所受品级列于班行，文皇朝令二司官立于班后。至正初仪凤司复旧例，教坊司迄今不令入班。

蒙古人有能祈雨者，辄以石子数枚浸于水盆中玩弄，口念咒语，多获应验。石子名曰鲊答，乃走兽腹中之石，大者如鸡子，小者不一，但得牛马者为贵。恐亦是牛黄、狗宝之类。

国朝有禁每岁车驾巡幸上都，从驾百官不许骑坐骟马，唯骑答罕马。答罕，二岁驹也。延祐间，拜住丞相尝骑骡子出入。今则此禁稍缓。

至正元年四月十九日，杭州火灾，总计烧官民房屋公廨寺观一万五千七百五十五间，六所七披，民房计一万三千一百八间，官房一千四百二十四间，六所七披，寺观一千一百三十间，功臣祠堂九十三间。被灾人户一万七百九十七户，大小三万八千一百一十六口，可以自赡者一千一十三户，大小四千六十七口。烧死人口七十四口，每口给钞一定，计七十四定。实合赈济者计九千七百八十四户，大口二万二千九百八十三口，每口米二斗，计米四千五百八十一石八斗；小口一万一千六十六口，每口米一斗，计米一千一百六石六斗，总计米五千六百八十八石四斗。时江浙行省只力瓦歹平章移咨都省，云："光禄大夫、江浙平章政事，切念当职荷国荣恩，受寄方岳，德薄才微，不能宣上德意，抚兹黎民。到任之初，适值阙官，独员署事，一月有余，政事未修，天变遽至。乃四月十九日丑寅之交，灾起杭城。自东南延上西北近二十里，官民闾舍，焚荡迨半。遂使繁华之地，鞠为蓁芜之墟。言之痛心，孰甚其咎！衰老之余，甘就废弃，当此重任，深愧不堪。已尝移文告代，未蒙俞允，诚不敢久稽天罚，以塞贤路。谨守职待罪外，乞赐奏闻，早为注代，生民幸甚！"明年四月一日，又复火灾。宋治平三年正月己卯，温州火烧民屋一万四千间，死者五千人。

松江夏义士者，乃甲户也，其家房门上有一西番塔影，盖松江无西番塔，不知此影从何而得，人以为异。《酉阳杂俎》云：扬州东市塔影忽倒,老人言:海影翻则如此。又沈存中以谓大抵塔有影必倒。陆放翁云:予在福州见万寿塔,成都见正法塔,蜀州见天目塔,皆有影,亦倒也。然塔之高如是,而影止三二尺,纤悉皆具。或自天窗中下,或在廊庑间,亦未易以理推也。以上之说,因其塔所见影,然松江无此塔而有影见者,其理又不可得而究之。予尝游平江虎丘寺,阁上槛窗下裙板中有一节孔,阁僧以纸屏照之,则一寺殿宇廊庑,悉备见于屏上,其影皆倒。余山居与保叔塔邻峰也,朔望点灯之夕,遇夜观之,一塔灯光倒插于段桥湖中。大抵塔影皆倒,沈存中之说是也。

皇朝开科举以来,唯至正戊子举王宗哲元举乡试、省试、殿试皆中第一,称之曰三元。宋自仁宗庆历复明经科,称三元者王岩叟一人而已。

彻彻都郯王、帖木儿不花高昌王二公被害,都人有垂涕者。伯颜太师被黜,都人莫不称快。笔记载张德远诛范琼于建康狱中,都人皆鼓舞。秦桧杀岳飞于临安狱中,都人皆涕泣。是非之公如此。

秦桧孙女封崇国夫人,爱一狮猫,忽亡之,立限令临安府访求。及期,猫不获,府为捕系邻居民家,且欲劾兵官。兵官皇恐步行求猫,凡狮猫悉捕致,而皆非也。乃赂入宅老卒,询其状,图百本于茶肆张之。府尹因嬖人祈恳乃已。至正十五年,浙宪贴书卢姓者,忽失一猫,令东北隅官搜捕之。权势所在,一至于此,可不叹乎?

元统间,革去群玉内司,并入艺文监通掌其事,监官依怯薛日数更直于奎章阁。盖群玉内司所管宝玩,贮于阁内。时揭曼硕为艺文监丞,寓居大都双桥北程雪楼承旨故廨,到阁中相去十数里之遥。揭公无马,每入直必步行以往,比之僚吏,又且早到晚散,都城友人莫不以此为言。一日,揭公为余言曰:"我之不敢自漫入直者,亦有益也。近日在阁下,忽传太后懿旨,问阁中有谁,复奏有揭监丞。再问莫非先帝时揭先生耶? 遂赐酒焉。又一日,再问是某,以古玉图书一令辨之,详注其文而进,亦赐酒焉。"是时阁下悄然,余者皆是应故事而已,多有累怯薛不入直者。此公晴雨必到,终日而散。后十余年,予归老西湖上,每遇同志之友,清谈旧事,屡及此者,莫不以长厚老成称之。余观《归田录》载:枢密王畴之妻,梅鼎臣女也。景德初,夫人入朝德寿宫，太后问夫人谁家子，对曰："梅鼎臣女。"太后笑曰："是圣俞家乎?"由是始知圣俞名闻于宫禁也。揭公之际遇，尤可尚矣。

士大夫因其闻见之广，反各有所偏致，有服丹砂者，服凉剂者。服丹砂者为害固不待言，余以目击服凉剂者言之。友人柯敬仲、陈云峤、甘允从三人，皆服防风通圣散，每日须进一服，以为常。一日，皆无病而卒。岂非凉药过多，销铄元气殆尽，急无所救者欤? 可不戒之。《老学庵笔记》载：石藏用名用之，高医也。尝言今人禀受怯薄，故案古方用药多不能愈病。非独人也，金石草木之药亦皆比古力弱，非倍用之不能取效。故藏用喜用热药得谤，至有藏用担头三斗火，人或畏之，惟晁之道悦其说，故多服丹药，然亦不为害。后因伏石上书，丹为石冷所逼，得阴毒伤寒而死。盖因丹气热毒所攻，终为所服丹药过多之故也。视过服凉剂者，亦由是欤?

范玉壶作《上都诗》云："上都五月雪飞花，顷刻银妆十万家。说与江南人不信，只穿皮袄不穿纱。"余屡为滦阳之行，每岁七月半，郡人倾城出南门外祭奠，妇人悉穿金纱，谓之赛金纱，以为节序之称也。

平江漆匠王□□者，至正间以牛皮制一舟，内外饰以漆，拆卸作数节，载至上都，游漾于滦河中，可容二十人。上都之人未尝识船，观者无不叹赏。又尝奉旨造浑天仪，可以折叠，便于收藏，巧思出人意表，可谓智能之人。今为管匠提举。

凡有颠搏刀斧伤者，但以带须葱炒熟捣烂，乘热盦患处速愈，频换热者尤妙。

凡有疯狗、毒蛇咬伤者，只以人粪涂伤处极妙，新粪尤佳，诸药皆不及此。

破伤风能死人，用桑条如箸长者十数茎阁起，中用火烧，接两头滴下树汁，以热酒和而饮之，可愈。

集贤大学士王彦博约为副枢日，有兄弟争袭万户者。弟有父命，兄不肯让，二十余年而不能决。公曰："父命行之一家，君命施之天下。"遂令其兄袭之。又英庙为东宫礼上枢密使，例须新制铺陈。事毕，工部复欲取发还官，回文皆不为准。公为副枢，首回此文曰："照得上项铺陈，难同其余官物。本院除已尊严安置外，行下都事厅同呈。"遂绝其事。又湖广省咨蛮洞相杀,合调军马征之。公回咨云:"蛮夷相仇,中国之幸。行下合属固守边防,毋得妄动军马。"公之所行,大概如此,姑识其一二云。公泰定、天历间为三老,商议中书省事。

后至元间,伯颜太师擅权,谄佞者填门,略举其尤者三事,漫识于此,余者可知矣。有一王爵者,驿奏云:"薛禅二字,往日人皆可为名,自世祖皇帝尊号之后,遂不敢称。今伯颜太师功德隆重,可以与薛禅名字。"时御史大夫帖木耳不花,乃伯颜之心腹,每阴嗾省臣,欲允其奏。近侍沙剌班学士从容言曰:"万一曲从所请,大非所宜。"遂命欧阳学士、揭监丞会议,以元德上辅代之,加于功臣号首。又典瑞院都事□□建言:"凡省官提调军马者必佩以虎符,今太师功高德重,难与诸人相同,宜造龙凤牌以宠异之。"遂制龙凤牌,三珠以大答纳嵌之,饰以红剌鸦忽杂宝,牌身脱钑"元德上辅功臣"号字,嵌以白玉。时急无白玉,有司督责甚急。缉闻一解库中有典下白玉朝带,取而磨之。此牌计直数万定,事败毁之,即以其珠物给主,盖厥价尚未酬也。又京畿都运纳速剌言:伯颜太师功勋冠世,所授宣命,难与百官一体,合用金书以尊荣之。宛转数回,遂用金书"上天眷命皇帝圣旨"八字,余仍墨笔,以塞其望。明年黜为河南左丞相。行事之夕,虽纸笔亦不经省房取用,恐泄其事,遂于省前市铺买札付纸写宣与之。余尝以否泰之理,灼然明白,因举似于用事者,可不戒欤?梁冀跋扈,止不过比邓禹、萧何、霍光而已,曹操之僭,固不容诛,薛禅之说,又过于九锡多矣。

余家人病疟,邻家有藏雷斧者,借授病人禳之。其斧如石,若斧状,脑差薄而无光,恐是楔尔,正与《笔谈》所说相同。

后至元己卯四月,黄雾四塞,顷刻黑暗,对面不见人,油坊售之一空。余于都城亲历此事。古有昼昏,恐若此也。

至正十二年壬辰七月初十日,徽贼入寇杭城。时樊时中执敬为浙省参政,亟出御贼,北行至岁寒桥遇害。先浙省以杭州路总管宝哥惟贤摄参政,调守御昆山之太仓领军而往,驻于昆山旧州山寺,离太仓州治三十余里,终于不往,闻寇至,遂遁,匿于杭之寓舍。适值贼破杭,乃挈家潜于西湖舟中。越三日,邻居无赖之徒利其所将,恐之,遂与次妻□氏连结其衣袂,溺水而死。时潭州路总管鲁至道作二诗挽之,以寓褒贬之意,谩书于后。

挽樊时中参政

主将无谋拂众情,贤参有志惜言轻。狐群冲突成妖孽,黔首惊惶望太平。奋志从军全节义,杀身殉国显忠诚。岁寒桥下清泠水,夜夜空闻哽咽声。

挽宝哥参政

香魂俊骨堕深渊,无智无谋亦可怜。妖寇猖狂如有祟,生民雕瘵似无天。芳名苟得十年在,死节应当二日先。欲向西湖酹尊酒,凄风冷雨浪无边。

至元十三年丙子正月廿二日,伯颜丞相入杭城。二月廿二日,起发宋三宫赴北。四月廿七日到上都。五月初二日,拜见世祖皇帝。十一日,命幼主为检校大司徒、开府仪同三司,进封瀛国公。十二日,内人安康夫人、安定陈才人、又二侍儿失其姓氏,浴罢,肃襟闭门,焚香于地,各以抹胸自缢而死。解下衣,中有清江纸书一卷云:"不免辱国,幸免辱身。不辱父母,免辱六亲。艺祖受命,立国以仁。中兴南渡,计三百春。身受宋禄,羞为北臣。大难既至,劫数回轮。妾辈之死,守于一贞。焚香设誓,代书诸绅。忠臣义士,期以自新。丙子五月吉日泣血书。"十三日,奏闻,露埋四尸,取其首悬于全后寓所,以戒其余,在上都时济门。予尝闻之先父枢密,因观周草窗《日钞》亦载此事,又得祈请使日记官严光大《续史》所说相同。二书皆写本,恨《三朝政要》、《钱塘遗事》板行于世,皆失此一节,惜哉!若此贞烈,可不广传乎?因笔之于此。

汉成帝时,孔光领尚书典枢机十余年,沐日归休,兄弟妻子燕语终日,不及朝省政事。或问光温室省中树皆何木也,光默不应,更答以他语,其不泄如此。予因追忆高昌世杰班字彦时。北庭文定王、沙剌班大司徒之子,为尚辇奉御。元统元年,上新制洪禧小玺,贮以金函青囊,命世杰班掌之,悬于项,置于袖中,经年其母不知。亲友或叩之内廷之事,则答以他说。其慎密如此。时年十五岁,方之孔光,尤可尚矣。

皇朝御膳日用五羊,今上皇帝即位以来,日减一羊。可见圣德仁俭也若此。

郊祀祭庙,天子御衮冕,百官皆法服。凡披秉须依歌诀次第,则免颠倒之劳。谩识歌诀于左:袜履中单黄带先,裙袍蔽膝绶绅连。方心曲领蓝腰带,玉珮丁当冠笏全。

至元间,行省左丞史公_弼号紫微老人,能写大字,有神力,平开二石五斗弓以三指,背可悬五十两银定七片。初攻扬州有功,然心服姜才之忠勇。

黄子久_{公望},自号大痴,吴人,博学多能之士,阎子静、徐子方、赵松雪诸名公莫不友爱之。一日与客游孤山,闻湖中笛声。子久曰:"此铁笛声也。"少顷,子久亦以铁笛自吹下山,游湖者吹笛上山,乃吾子行也。二公略不相顾,笛声不辍,交臂而去。一时兴趣,又过于桓伊也。

叶子澄_{以清},号雪篷,吴人也,贫而尚义之士,与黟县达鲁花赤伯颜为厚交。至正壬辰,寇起江东,浙省调兵守昱岭关。时颜在遣中,没于王事。其家旧居嘉兴崇德州,讣音至,家人招黄冠岩隐者追荐摄召之。颜云:"旦夕杭城受危,尔辈宜速往吾弟处逃生。"母妻以无弟可依,再叩之,云:"即松江叶子澄,乃我存日生死交也,可往依之。"其即备船东行。比至前三日,叶夜梦伯颜相见,以家属为托。叶即为留居供给不怠。后杭城果陷。此得非颜平日正心不昧,故能灵悟若是,亦由叶之与人交情不渝,真诚相感之所致也。宋仁宗时有托公书之事,颇相冥合,信有之矣。颜字谦斋,唐兀人也。

江西胡存斋参政,平日好客,四方之人往来,无不馆谷之。虑阍人倦于通报,但不出,即于门首挂一"本官在宅"之牌。近年浙间富室无一家不帖却客之榜,较之亦可怜哉!

巎巎平章,字子山,号正斋、恕叟,又号蓬累叟,康里人。一日,与余论书法,及叩有人一日能写几字,余曰:"曾闻松雪公言一日写一万字。"巎曰:"余一日写三万字,未尝辍笔。"余窃敬服之。凡学一艺,不立志用工,可传远乎?

江浙参政赫德尔公,字本初,尝云:向任留守司都事时,本司诸先辈同谈内苑万岁山太液池本非我朝创建,乃亡金之沼囿也。初,圣朝起朔庭绝塞,土有一山,形势雄壮,峰峦秀异,金人望气者言此山有王气,当出异人,非金之利,谋欲倾圮之,计无从出。时金已衰微,因通好,托以入贡为辞,愿求此山之土为报。众皆鄙笑而许之。金人遂掘其山,自备车马挽载,运至幽州城北,积累成山,开挑海子,栽植花木,营构台殿,以为游幸之所。未几金亡。世祖皇帝登大宝,改筑京城,山适在禁苑之中,至今塞土遗迹尚存。其土赤润,草木不生。乃知帝王之宅,都会之京,兴衰之兆,天已默定,岂人力之所能为也。公因和万岁山诗韵,有"水溯颠崖流自转,山移绝塞势尤雄"之句,史册必载之详,姑录其略,以广闻见耳。

延祐间,武神童□□尝为中瑞司典簿,善写小字,一粒芝麻上写"天下太平"四字。《江南野史》载:应用尝于一粒麻上写"国泰民安"四字。

法令书其别有四,敕、令、格、式也。神宗圣训曰:禁于未然之谓敕,禁于已然之谓令,设于此以待彼之至谓之格,设于此以待彼效之谓之式。

律文有贱避贵、少避老、轻避重、去避来之说,余以为去者为主,来者为客,是以避之。后有一宋法司老吏云:"谓如人方去,忽有人仓忙自后而来,必有急事也,故当避之。"谩识此,以俟知者正之。

王衍以铜钱为阿堵物,顾长康画神指眼为阿堵中,二说于理未通。今北方人凡指此物皆曰阿的,即阿堵之说明矣。余尝见周草窗家藏徽宗在五国城写归御批数十纸,中间有云:"可付体己人者。"即今之所谓梯己人,因方言之讹,书手之误无疑。

江西吕道山师夔,至元间分析家私作十四分,本家十分,朝廷一分,省官一分,尊长吕平章文焕一分,亲戚馆客一分,每分金二万两、银十万两、玉带十八条、玉器百余件、布二十万匹、胆矾五瓮。只此是江州府库,见管鄂州他处者又不预焉。以此观之,石崇又何足数也?

宋嘉熙庚子岁大旱,杭之西湖为平陆,茂草生焉。李霜涯作谑词云:"平湖百顷生芳草,夫容不照红颠倒。东坡道,波光潋滟晴偏好。"

管司捕治,遂逃避之。

唐卢从愿为刑部尚书,占良田数百顷,时号多田翁。松江下砂场瞿霆发尝为两浙运使,延祐间以松江府拨属嘉兴路,括田定役,榜示其家出等上户,有当役民田二千七百顷,并佃官田共及万顷,浙西有田之家无出其右者,此可为多田翁矣。

读书诀云:“生则慢读明经句,熟则紧读贪遍数。未熟莫要背念,既倦不如且住。”

至正十五年,浙西科鹅翎为箭羽,督责甚急,一羽卖三钱,后至五钱者。且以集庆一处言之,比年杭州一运解一百六十万根,共发三运,本路止有匠人二十名,日造箭八百只,该用翎一千六百根,周岁用翎五十七万六千根,如此则一运可供三年。盖此物经过历蒸,皆成无用。然而催运不已,本路自科者可胜言哉!傥肯计会而索之,则民无害矣。宋王济为龙溪主簿时,调福建输鹤翎为箭羽。鹤非常有物,有司督责急,一羽至直百钱,民甚急之。济谕民取鹅翎代输,仍驿奏其事,因诏旁郡悉如济所陈。淳化五年诏曰:“作坊工官造弓弩用牛筋,岁取于民,吏督甚急,或杀耕牛供官,非务农重谷之意。自今后,官造弓弩,其从理用牛筋悉以羊马筋代之。”皆载之史策。

都城豪民每遇假日必以酒食招致省宪僚吏翘杰出群者款之,名曰撒和。凡人有远行者,至巳午时以草料饲驴马,谓之撒和,欲其致远不乏也。又江南有新官来任者,巨室须远接,以拜见钱与之,叩之则答以穿鼻来。如江西、浙西数大郡长官,非千定不可,间有一二能者,诈及三千定者,佐贰各等第皆有定价。或有于都下应付盘缠,同出,就与之管事,名之曰苗儿头。余切恨赃污之徒要拜见钱,与因一事取受者大不相侔,按律文反有终非因事取受之条,失之远矣。且以江西萧、刘,松江朱、管,嘉兴王氏,皆遭此显戮,非拜见钱而致之,何以得此?所谓负国害民,以致于天下不宁,讵可言哉!因观江邻几《杂志》:载士阳豪民邵□□者,指缙绅来借贷者,乞与二百缗,便可作驴骑。腰金拖紫不为豪子以长耳视之者鲜矣。余曰:若以借贷者便作驴骑,取觅者指以撒和、穿鼻,又何多耶?

钱唐韩介石,巨室也。延祐夏忽风雨骤至,令庖僮往楼上闭窗,雨过不见此僮,楼上寻之,则已毙矣。因取所带刀而验之,绦鞘皆如故,刀刀则销铄过半。事为《笔谈》所载。内侍李舜举家暴雷所震,人以为堂屋已焚,窗纸皆黔,有一宝刀极钢坚,就刀室中熔为汁,而室亦俨然。二事皆相同,此理殊不可强解也。

国朝尚食局上供面磨,磨置楼上,机在楼下,驴之蹂践,人之往来,皆不相及,且远尘土臭秽。叩之,乃巧人瞿氏所作也。

国朝镇殿将军凡请给衣粮,名之曰大汉。但年过五十者方许出官。

《因话录》云:昔有德音搜访怀才抱器不求闻达者,有人逢一书生奔驰入京,问求何事,答曰:"将应不求闻达科。"因念延祐间陈伯敷绎曾到都,每见晦迹丘园者数多,遂有诗云"处士近来恩例别,麻鞋一对当蒲轮"之讥。

余儿时闻先父枢密言:尝于宋官库中见孟蜀王锦衾,其阔一梭径过,被头作二穴,织成云板样,盖而叩于项下,如盘领状,两侧余锦拥覆于肩。此之谓鸳衾也。

至正十七年三月,上海县十九保往字围李胜一家鸡伏七雏,一雏作大鸡状,鼓翼长鸣。余按《文献通考》鸡祸类无此鸣者,始识于此。

至正戊戌正月初三日,钱唐卢子明家白鸡伏雏九只,内一只三足,二足在前,一足在后,越三日而死。三月间,诸暨袁彦诚家一雏四足,二足在翼下。时余访旧到诸暨,适见此事。咸淳己巳,常州鸡翼生距。

龙广寒,江西人,居钱唐,挟预知之术,游食于诸公之门。一日,居佑圣观陈提点房。陈叩以明日饮食之事,答曰:"写了不可看。"陈俟其出,乃窃视之,书云:"来日羊肉白面,老夫亦与其列。"适有人送活鲫鱼者,陈属仆明日以鱼为食,诸物不用。至五更钟末,住持吴月泉遣人招陈来方丈相陪高显卿参政,盖高公避生日也。陈为吴言:"房中有活鱼,取来下饭。"高曰:"我都准备了也,诸物皆不用。"陈自念龙之语有验,因及龙广寒者在房中住。高曰:"我识之,可请同坐。"是日羊肉白面,亦与其列,皆应其说。尝自言:"我已一百八岁。"故贯酸斋赞其象云:"有客名广寒,自号一百岁。更活二百年,恰好三百岁。"以此戏之。卒于延祐末年。尝闻先父枢密言：宋末有富春子，能风角鸟占之术，名闻贾秋壑。一日，贾招之，叩以来日饮食之事，富写而封之。明日，贾作宴于西湖舟中，至晚贾行立于船头，自歌"月明星稀，乌鹊南飞"之句，座客廖莹中乃言此时日已暮，可以取所书观之。拆封，诸事不及，唯有"月明星稀，乌鹊南飞"八字，众皆惊赏。余按：蒋□□《逸史》载李宗回食五般馄饨，李栖筠食两拌糕糜二十碗、橘皮汤之事相同，万事莫非前定也欤？

巴思八帝师法号：皇天之下，一人之上，开教宣文辅治大圣至德普觉真智祐国如意大宝法王，西天佛子，大元帝师玜的达巴思八八合失。

杭州开元宫住持玄览真人王眉叟寿衍，有铜水滴一枚，贮水在内，遇潮汛则水涌应时。欲以此进上，后携至都，潮候不应，遂已之。可见气候不同。浙间凡造酱醋糟淹之物，收藏不避潮汛，则及时必须涌出，至有封泥瓶瓮者亦为之破裂。或取清明日门上所插柳条置之瓶上禳之，其涌即止。江北则无此说。所以见方贡土物药材道地之分，凡事岂可一概论之，谩书于此，以为仕宦中固执己见，不察地方，不顺人情者补其闻见之万一云。

《朝野佥载》云：御史李审请禄米送至宅，母遣量之，剩三石，问其故，令史曰："御史例不概。"又问脚钱，又曰："御史例不还脚钱。"母怒，送剩米及脚钱以责审，诸御史皆有惭色。吁，贤哉！□□若以当今之世，岂无如此母之贤者，恨见闻不广，录此以□来者，而得书之。因追忆奉化知州祝居宝，尝为余言曰：彼为浙省译史时，屡因公差赴都，经镇江，必为其友回回千户者相见而往。一日，留作午饭，食罢，其妻出见之。千户云："今次见伯伯之迟者，盖家贫无人，此饭皆媳妇为之，故出迟尔，幸勿见罪。每岁赖此妇织绵绸二匹卖以助俸之不给者，皆此妇之力也。"本妇拜而责其夫曰："何以为贫？我赖汝之贵，傥有筵会，处置我上坐，称之以夫人，金绣者皆列之于下，未尝因贫而贱我。或者乐人之金珠锦绣，使汝有所犯，我安得□□于上乎？"祝视之，所衣粗布也，头绣上有补顶，可谓至贫也。操守如此，不谓之贤妇可乎？辄书此以追配之。

文宗好食蛤蜊，中有碎破不裂者，上焚香祝之，俄顷自开，中有螺髻璎珞，衣履菡萏，谓之菩萨。上置之金粟檀香合，赐与善寺，令致敬焉。余于杭城故家见蚌壳二扇，内有十八尊大阿罗像，纤粟悉备，后归之答里麻思的左丞。欲求其理，又不可强言曲解也。

唐李景略尝宴僚佐，行酒者误以醯进。判官京兆任迪简知景略性严，恐行酒者获罪，强饮之。阿怜帖木儿北渡访西镇国吉剌失的长老，长老迎之甚喜，留坐，嘱侍者□后好酒一尊为礼。长老执杯，王尽饮之。长老曰："尊客远临，当进两杯。"王复饮之。回盏及唇，长老大惊，乃酽醋也，即欲捶侍者。王曰："酒醋皆米为者，我不厌之，何怒耶？"怒不能释，王曰："欲留我坐，须勿怒。我有佳酝，取来共饮。"尽欢而散。较之任迪简尤可重矣。

松江曹云西知事，善书画。杭士李用之访之，殁于馆中，云西敛之正堂，葬之善地。亦希有也，可与范云迎王暕丧还家营敛之事相同，谩识于此，以励薄俗。

山居新语后序

　　国家承平日久，制度文物、礼乐之盛，无不著在大典，布之成书。其底治于累朝，实比隆于三代。予归老山中，习阅旧书，或友朋清谈，举凡事有古今相符者，上至天音之密勿，次及名臣之事迹，与夫师友之言行，阴阳之变异，凡有益于世道，资于谈柄者，不论目之所击，耳之所闻，悉皆引据而书之。积岁月而成帙，名之曰《山居新语》。其不敢饰于文者，将欲使后之览者便于通晓，抑且为他日有补于信史云。至正庚子三月既望，中奉大夫、浙东道宣慰使都元帅杨瑀识。

至正直记

［元］孔　齐　撰

庄　葳

郭群一　校点

校 点 说 明

《至正直记》，又称《静斋直记》、《静斋类稿》，元孔齐撰。齐，字行素，号静斋，别号阙里外史，山东曲阜人。其父退之曾任建康书吏，孔齐随父迁居溧阳。元末至正年间，农民起义烽火遍及江南，孔齐又避居四明（今浙江宁波）。《至正直记》就是他避居四明时所撰的一部笔记。

这部笔记内容相当庞杂，涉及面颇广，实际上是作者为提供"观省"而写的一部见闻杂记。书中为我们提供了不少有关当时政治、经济等方面的资料。例如卷一"楮币之患"条记述了元末纸币和铜钱的使用情况以及它们所产生的弊端；卷三"曼硕题雁"条借揭曼硕翰林的《题雁》诗，揭露了元朝统治者重用色目人压迫南方汉人、"视南方如奴隶"的情况，这些条目均可供治元史者参考。书中又记载了不少手工业品和文物用品的制作情况。诸如松江青花布、集庆官纱、宋代缂丝的花样颜色，笔、墨、纸的制造工艺，本书都一一作有记述。特别要提到的是，书中还记载了许多文学家和艺术家的遗闻轶事。作者和这些人年代相近，所记当较为可信。这些材料对研究者也相当有用。

本书虽颇有资料价值，但也有不少地方污蔑农民起义；宣扬风水谶语、因果报应；记述家训家规，美化封建伦理道德，这是应向读者指出的。

本书刊本甚少。明代著名文学家归有光曾将此书抄录订正，并

撰有《静斋类稿引》，准备刻印问世，但迄今未发现有明刊本著录。现
存的《至正直记》刻本为《粤雅堂丛书》本。《四库全书总目》子部小说
家类存目谓《至正直记》"别一本题曰《静斋直记》，其文并同，惟分四
卷为五卷，而削去各条目录，盖曹溶《学海类编》所改窜也"。但《学海
类编》曹溶原辑本已散佚无存，现存的《学海类编》为清道光十一年
(1831)晁氏木活字排印本，而晁氏本早经清人陶越增删，《至正直记》
已被删去。所以，《至正直记》仅存《粤雅堂丛书》本，现即据以标点整
理。凡发现书中明显刻误者，则径行改正。正文和目录不符之处，也
作了校改。校点不当之处，希读者指正。

目　　录

卷一

杂记直笔

杂记者，记其事也。凡所见闻，可以感发人心者；或里巷方言，可为后世之戒者；一事一物，可为传闻多识之助者，随所记而笔之，以备观省，未暇定为次第也。至正庚子春三月壬寅记，时寓鄞之东湖上水居袁氏祠之旁。

上都避暑

国朝每岁四月，驾幸上都避暑为故事，至重九，还大都。盖刘太保当时建此说，以上都马粪多，一也；以威镇朔漠，二也；以车驾知勤劳，三也。还大都之日，必冠世祖皇帝当时所戴旧毡笠，比今样颇大。盖取祖宗故物，一以示不忘，一以示人民知感也。上都本草野之地，地极高，甚寒，去大都一千里。相传刘太保迁都时，因地有龙池，不能干涸，乃奏世祖，当借地于龙。帝从之。是夜三更雷震，龙已飞上矣。明日，以土筑成基，至今存焉。乱后，车驾免幸，闻宫殿已为寇所焚毁。上都千里皆红寇，称伪龙凤年号，亦岂非数耶！

文宗潜邸

文宗皇帝尝潜邸金陵，后入登大位，不四五年而崩。专尚文学，如虞伯生诸翰林，时蒙宠眷。一时文物之盛，君臣相得，当代无比。因有以今上皇帝非其子草诏，伯生几至祸，以意出内殿，且目告免罪。后奉诏出文宗神主，诏未出而太庙陨石已击碎碧玉神主矣，岂谓圣语不应天而何？又闻今上潜邸远方时，经过某郡，见一山甚秀，但一峰不雅，圣意偶欲去之。后思其山，令画工图以进，复见此一峰，用笔抹去。未几，雷已击削此真峰矣，非天人而何？文宗尚文博雅，一时文物之盛，过于今日。但纵奸权燕帖木淫乱宫中，且挟征先帝后为妻，人伦大丧。造龙翔寺，以无用异端而费有限之膏血，不思潜邸之苦，而纵奢侈之非，视今上俭素，诛权臣，则相去大远矣。

周　王　妃

文宗后尝椎杀周王妃于烧羊火坑中，正今上太后也。文后性淫，帝崩后，亦数堕胎，恶丑贻耻天下。后贬死于西土，宜矣。周王即火失剌太子。

古　雁

国朝翰林盛时，赵松雪诸公在焉，一时诗僧亦与坐末。客有以《古雁图》求跋者，诸公咸命此僧先赋。诗僧即援笔题云："年去年来年又年，帛书曾动汉诸贤。雨暗荻花愁晚渚，露香菰米乐秋田。影离冀北月横塞，声断衡阳霜满天。人生千里复万里，尘世网罗空自悬。"诸公称赏，即以诗授客去。

酸　斋　乐　府

北庭贯云石酸斋，善今乐府，清新俊逸，为时所称。尝赴所亲某官燕，时正立春，座客以《清江引》请赋，且限金木水火土五字冠于每句之首，句各用春字。酸斋即题云："金钗影摇春燕斜，木杪生春叶，水塘春始波，火候春初热，土牛儿载将春到也。"满座皆绝倒。盖是一时之捷才，亦气运所至，人物孕灵如此。生平所赋甚多，特举其一而记之云。

金 厅 失 妻

宋末，金陵一小金厅官之妻，有艳色，好出游。一日，郡守作燕，会其僚属之妻，此妇预焉。邀者至，欣然登轿，但觉肩者甚急，家仆失后。及下轿，乃倡家也。其仆至郡守家，不见所在，奔告其子，白于守，追捕已无及矣。盖倡人数见此妇之艳，设计也久，乘此机而陷之。连夜登舟往他郡，教歌舞，使之娱客以取钱。妇郁郁不乐，每为娼人所鞭挞。后恐事觉，乃鬻于大官人为妾，至杭州守；而小官适为杭通判，因会饮，见供具有爁鳖，食未既而泣下。守问其故，曰："此味绝似先妻所治者，感而泣焉。"守问其妇何在，曰："昔因赴燕，中途失之，已二载矣。"守入问其妾，即通判之妻也。出曰："汝妻在此，幸无孕，当复还。"遂相见而泣，言及前事，夫妇如初。噫！妇人教令不出闺门，岂有赴燕出游者乎？且好游艳色，谓之不祥。金厅无礼而不能正其家，故有失妻之祸；其妇恃色而不能安其室，故有失身之辱。世之好色纵游者，当以是而观之。

文 山 审 音

国初宋丞相文文山被执至燕京，闻军中之歌《阿剌来》者，惊而问曰："此何声也？"众曰："起于朔方，乃我朝之歌也。"文山曰："此正黄钟之音也，南人不复兴矣。"盖音雄伟壮丽，浑然若出于瓮。至正以后，此音凄然，出于唇舌之末，宛如悲泣之音。又尚南曲《斋郎》、《大元强》之类，皆宋衰之音也。

中 原 雅 音

北方声音端正，谓之"中原雅音"，今汴、洛、中山等处是也。南方风气不同，声音亦异。至于读书字样皆讹，轻重开合亦不辨，所谓不及中原远矣。此南方之不得其正也。

罗太无高节

罗太无,钱唐人,故宋宦官也。侍三宫入京,后以疾得赐外居,闭门绝人事。处一室甚洁。夏则设广帷,起卧饮食皆在焉。旁有小娃灶一,几一,设酒注大小三,盏斝六。遇故人至,则启关纳之,必问膳否,否则留过午,度路程远近,使从卒辈引去。至酒毕,复候为期。以客之多寡,用注之大小。酒不过三行,果脯惟见在易办者。客虽多,不过五六人也。好读书史,善识天文、地理、术艺。武夷杜本伯原尝私问之,多所指教,因得其秘,略云:时乃侄官至司徒,亦宦者也,权势正炎炎,凡贵近公卿,莫不候谒谀附。适遇岁朝,司徒者自内请谒太无,太无掩门不纳。司徒称名大呼,以首触扃。从官偕至者,动以百骑,惊惶失色。俄太无于户内呼司徒名,款应之曰:“你阿叔病,要静坐。你何故只要来恼我,使受得你几拜,却要何用! 人道你是泰山,我道你是冰山。我常对你说,莫要如此,只不依我阿叔,莫顾我你。你若敬我时,对太后宫里明白奏,我老且病颓,乞骸骨归乡,若放我归杭州,便是救我。”司徒于是特奏,可其请。太无以所积金帛玩好,皆散与邻坊故人无遗,惟存书籍数千部,束于车后褥上,嘱其侄司徒曰:“我不可靠你,你亦不可靠势。”至于再三,乃登车出齐化门,仰视而笑曰:“齐化门从此别矣,我再不复相见你矣。”遂到杭,逾年病卒。司徒者,不遵乃叔父之训,弄权不已,后以赃受湖州人旧土坐罪,流远方卒,而太无乃得终于乡里云,泰定间事也。偶因亲友林叔大提举言及此,可谓有先识者,遂记其略如此,至正丁酉冬十一月也。杭州七宝山乃罗司徒所见者。

惜儿惜食

前辈云:“惜儿惜食,痛子痛教。”此言虽浅,可谓至当。至“教子婴孩,教妇初来”,亦同。

富 州 奇 闻

先人尝言，为富州幕官时，闻一事甚异。市民某，家道颇从容，以贩货为业，惟一妻一女。民暮出朝还，女年及笄，未嫁，忽觉有娠。父疑之，询其母及女，皆曰："无他事，不知何以得此。"问其邻，亦曰："此女无外事。"疑不能解。闻之官，验其得孕之由，乃知彼日父母交合时，女在榻后，间闻其淫欲声状，不觉情动。少顷，其母溺于盆，女亦随起溺之，同一器也，遗气随感逆上成胎，其异遂释。所以内外不共湢浴，不同圊溷，古人立法，盖亦有深意焉。

徐 州 奇 闻

溧阳同知州事唐兀那怀，至正甲申岁尝与予言一事，亦可怪。徐州村民一妻一妹，家贫，与人代当军役。一日，见其妹有孕，询究其事，不能明，欲杀其妻与妹。邻媪咸至曰："我等近居，惟一壁耳，终岁未尝见其他也。"考其得胎之由，乃兄尝早行时，与妻交合而出，妹适来伴其嫂。嫂偶言及淫狎之事，覆于姑之身，作男子状，因相感遗气成孕也。噫！防微杜渐之道，可不谨乎？又闻老人言，凡室女与男子同溺器者，则乳色变起。此又不可不知也。

戏 　 婚

尝闻某处富家兄妹同居，兄生一女，妹生一子，偶同庚，自幼父母戏之曰："当为夫妇。"既长，各异居，以生事不齐，遂渝盟。乳母每戏女曰："小官人意欲望尔，不敢来也。"女始则怒之，久而情动，不复怒也。一日，别有人来议婚，女闻之不乐。乳母即语之曰："小官人今夜欲来，如何？"女许之，灭烛以待。自是相通，每以金帛相遗。凡五月，觉有娠。父母责之。女曰："一时所为，悔之何及，乃姑之子小官人也。"因诉之官，追其子勘之。不服，鞭楚不胜苦，遂枉受刑。既归，日夜号泣。父母怒曰："尔自犯刑，何泣之有？"其子曰："某已受刑矣，因念未尝为此事，枉受其屈，所以痛恨辱终身也。"父母察之，始得其情状，乃乳母之子假托其姑之子也。复诉于廉访司，杖杀其乳母于市。夫年幼议婚，古人所戒，况戏言乎？所以辱家败俗，皆世之不学无术、庸碌之辈所致尔。

防微杜渐

或人家以爱女之故，不能防微杜渐，纵令乳媪之子女往来，必为乱家之患。有识之男子，必当绝之于始，慎勿使妇人姑息，伤大义也。

脱欢报应

我国家脱欢大夫之父，初至建康，宋都统某官备礼迎降，款馈甚厚，盖欲免患也。及延至私第，铺设俱具极整，且子女玉帛，靡不耀目。脱欢父遂起贪心，复入其罪而有之。都统首死，其家人奴仆尚众不服，夜半相杀，咸以兵法治之。六十余年，脱欢大夫惟一子一女，其妻悍暴，不能制，脱欢畏之。一日，招婿名曰虎舍者，又贪鄙不仁，尝侮其亲子。子盖妾所生也。脱欢卒，其妻逐其子并妇，以婿立为嗣，凡家产田宅，尽为婿有。家奴林总管者，每怀不平，乃扶其子名庆舍者，诉之官。官谕之，不伏，遂各执兵器相卫，久不能解，以致内外交兵。虎舍尽携家财妻孥遁，庆舍始主其业，则已荡废矣。故老皆言，却与杀都统时相似，此报应之不偶然也。

脱欢恶妻

脱欢母王氏，广德长乐村人，为兵官所掠，见有姿色，端重，不敢犯，遂献与总兵官，即脱欢父也。于是择日行婚礼，后生脱欢。脱欢生庶子庆舍。脱欢之妻既逐其子并妇，复以妇配驱奴之无妻者。妇曰："我大夫之子妇也，义不受辱。"奴曰："我奴也，娘子是主人也，我不敢受。"各相拒。久之，脱欢之妻痛挞其妇及奴，且令之曰："弗从吾言，有死而已。"于是迫妇与奴囚于一室，令其成配，却于窗隙中窥之，验其奸污之状，然后释其罪。噫！脱欢愚人也，生不制其妻，死后受污辱，为百世之恨，可谓愚矣。向使知其妻之悍，既不礼其夫，又欲杀其子，恶丑彰露，情弊显然，则当决意去之，以绝后患，何其愚之甚也！直至狼籍如此，死有痛恨，哀哉！

袁 氏 报 应

四明袁知府尝因官籍陆氏家财，悉为己有。后无嗣，养陆氏子。既长，当受所分之物，见银盘背有陆氏祖名氏，报应如此。吾闻之卓悦习之云。

古 阳 关

常见《和林志》所载，晋王大斡耳朵至亦纳里一千里，西北至铁门一万里。其门石壁凌云，上有镌字曰"古阳关"。有题《青门引》，其词云："凭雁书迟，化蝶梦速，家遥夜永，翻然已到。稚子欢呼，细君迎迓，拭去故袍尘帽。问我假使万里封侯，何如归早？时运且宜斟酌，富贵功名，造求非道。靖节田园，子真岩谷，好记古人真乐。此言良可取，被驴嘶恍然惊觉。起来时，欲话无人，赋与黄沙衰草。"不知何人作也。

馆 宾 议 论

脱欢大夫在建康时，有一馆宾早起，闻堂上有人声，意谓大夫与僚佐也。久而视之，但见二人中坐，一人云："付之火。"或云："不可，恐延及他人。"一云："付之灾。"或云："其家亦有未当死者。"一云："付之脱欢。"言讫不见。馆宾惧，疑其主将有祸也，遂不告而去。是日，脱欢出门，忽有讼者诉某处巨室，豪横害民，因受状追问。后没入，其家皆杖配远方,乃知豪民恶贯满盈,神人共怒者也。逾年,馆宾复至,大夫问其故,始言及其所见云。

僧 道 之 患

宋淳熙中,南丰黄光大行甫所编积善录云:"僧道不可入宅院,犹鼠雀之不可入仓禀。鼠雀入仓禀,未有不食谷粟者;僧道入宅院,未有不为乱行者。"此足为确论。予尝见溧阳至正间新昌村房姓者,素豪于里,茔墓建庵,命僧主之。后其妇女皆通于僧,恶丑万状,贻耻乡党。盖世俗信浮屠教,度僧为义子,往往皆称义父义母,师兄弟姊妹之属,所以情熟易狎,渐起口心,未有不为污乱者。或妇女辈始无邪僻之念,则僧为异姓,久而本然之恶呈露,亦终为之诱矣。浙东西大家,至今坟墓皆有庵舍,或僧或道主之。岁时往复,至于升堂入室,不美之事,容或多矣。戒之,戒之!

茔 墓 建 庵

予尝谓茔墓建庵,此最不好,既有祠堂在正寝之东,不必重造也。但造舍与佃客所居,作看守计足矣。至如梵墓以石,墓前建拜亭之类,皆不宜。此于风水休咎有关系,慎勿为之可也。

云 岩 至 言

宋末于潜吴度身之所编益载有云:云岩洪焘为浙西常平使者,节斋赵公判平江府。一日,招洪家眷燕集,洪力辞之。余问其故。洪答曰:"富贵之家,姬妾之盛,珠翠绮绣之繁,声乐肴馔之侈,何可当也!吾家先君尝贵显于朝,而始终一儒素。今家人辈皆山中人,一则必贻讥笑而怀惭忸;一则必生欣慕而思效学,无益也。明言累辈皆山中人,素无身装首饰,不曾出众,不敢前。节斋亦不敢强。"此至哉之言也。

妇 女 出 游

　　人家往往习染不美者，皆由出游于外，与妇客燕集，习以成风，始则见不美者诮之，终则效之。尝记至正甲申春，继嫂自杭归，其姻党邢怀者为溧阳同知州事，因好会家眷燕聚，适亲友宣城贡清之有源为教授，假居南轩，妻妹亦与席，惟先妣及家人辈不得已，略相见即托疾不出。明日，各家再会，作回席之意。先妣及家人辈亦坚辞不赴，且曰：“前日之会，在我家，尚不乐终席，今日岂可出游赴宴耶？”自是燕集者数，以致外议纷纷，渐起变夷之诮，则家人辈幸而免也。向使我不以家法自拘，先妣不以先人所言是戒，鲜不为此曹所陷也。盖同知之妻，嫂氏之同母姊，畏吾氏也。

米 元 章 画 史

　　米元章画史云：“翎毛之伦，非雅玩，故不录。”又云：“东丹王胡瓌《蕃马》，见七八本，虽好，非斋室清玩。”又云：“古人图画，无非劝戒。今人撰《明皇幸蜀》，无非奢丽。《吴王避暑》，重屏列阁，徒动人侈心。”又云：“苏木为轴，石灰汤转色，愈久愈佳，又性轻。角轴引虫。又臭气。”又云：“花草，至于士女、翎毛，贵游戏阅，不入清玩。”

兄 弟 异 居

　　人家兄弟异居者，此不得已也。妇女相见，亦不可数，或岁首一会，春秋祭祀家庙各一会，一岁之中不过三次可也。盖庆贺吊问，非妇人之事。尝见浙西富家兄弟，有异居数十里，妇女辈不时往复，以为游戏之常，至于夜筵，过三更归，或致暗昧奸盗不可测。此当与宋末金厅失妻事并观之。

子 孙 昌 盛

世之欲子孙昌盛者,莫若积阴德最要紧。然积阴德者,必以孝为第一义。前代之事,载诸传记者甚详。尝观《谕俗编》所载:"积善之家,必有余庆。积不善之家,必有余殃。"《易》六十四卦凡事不言必,独《坤》之论断,以两必字言之,以其效之必应也。而独于《坤》卦者,以坤属阴,一元之善在坤,为阴德也。所谓余者,言其殃庆及子孙也。此应知县俊之言也。

阴 德 之 报

宋四明史氏祖甚微,为郡杖直之卒,每有阴德及人,好善三世。生浩,南渡后拜相,赠越王。越王生弥远,又拜相,赠卫王。从子嵩之又拜相。子孙数千人,至今富盛不绝,皆阴德之报也。国朝真定史氏,在女真氏有阴德及于乡,后生孙拜相封王。国朝宣城南湖贡氏祖尝依吴履斋之门,屡有阴德,略且孝义。略以一微事言之。有婢与仆私通,窃财而遁,中途为仆所后,盖其意在得财也。婢追不及,后返至南湖,恐事觉,仓皇欲赴水死。贡适见而止之,曰:"汝宜急归,吾弗言也。"婢得免死。其余阴德,尚多如此者。后生士浚,自号南漪,又有阴德,以子贵,赠秘监之官。翰林学士奎,字仲章,是其子也。孙师泰,字泰甫,亦登显官,自平江太守,今为户部尚书。诸孙仕者尚多。

忠 卿 阴 德

族祖元敬,字忠卿,有阴德及于福建之民。若子若孙,皆仕福建之地。今沏世川自福建肃政廉访司经历拜南行台监察御史,是其孙也,世居金陵。又先祖约斋府君,晚年自来安县渡龙湾江至金陵,正值北兵南侵,人民离散之际,凡有可以为众人救者,宁自给不足,而分与之。盖出于祖姒太安人朱氏之助。未几,北兵取金陵,哨骑四出,俘掠太繁。府君上书谒军门，请示不杀，以取信于民。时左丞相伯颜大服，即挂在儒籍者悉安之，由是活者甚众。吾家五世无常居，至先人始富盛，寓溧阳。修德如先祖，后至子孙享用，皆祖考之功也。子孙当知之，为终身之训。

松 雪 遗 事

钱唐老儒叶森景修尝登赵松雪之门，松雪深爱之。盖谓其效奔走之时使令，且聪明，颇读书故也。家住西湖，妇女颇不洁，盖杭人常习也。所藏王右军《笼鹅帖》石刻，后有唐人复临一帖副之，诚为妙品。张外史每戏之，一日赋诗以贻之，有云："家藏逸少《笼鹅》字，门系龟蒙放鸭船。"世以鸭比喻五奴也。至正丁酉秋八月，予往钱唐访妻母于西山普福寺，时景修数相过，每举松雪遗事助笑谈。有云松雪一日以幅纸界画十三行，行数十字，字各不等，问景修曰："尔谓何物？"景修曰："非律度式乎？"松雪曰："也亏你寻思，惜太过耳。"乃临《洛神赋》界式也。一日，又侍行西湖上，得一太湖石，两端各有小窍，体甚平。松雪命景修急取布线一缕至，扣于两窍，而以石令人涤净扶立矣。久之，清风飒至，其声如琴，即命名曰"风篁"。他日归雪川，当易以细丝缕上之，为小斋前松下之玩。景修曰："此是前人为之，而相公见之乎？"松雪曰："否！我自以意取之也。"其敏慧格物理、参造化之巧如此者，岂凡俗之所能拟其万一哉！但亦爱钱，写字必得钱，然后乐为之书。一日，有二白莲道者造门求字。门子报曰："两居士在门前求见相公。"松雪怒曰："甚么居士？香山居士、东坡居士邪？个样吃素食的风头巾，甚么也称居士！"管夫人闻之，自内而出，曰："相公不要恁地焦躁，有钱买得物事吃。"松雪犹愀然不乐。少顷，二道者入谒罢，袖携出钞十锭，曰："送相公作润笔之资。有庵记，是年教授所作，求相公书。"松雪大呼曰："将茶来与居士吃！"即欢笑逾时而去。盖松雪公入国朝后，田产颇废，家事甚贫，所以往往有人馈送钱米肴核，必作字答之。人以是多得书，然亦未尝以他事求钱耳。

径 寸 明 珠

近闻前代常有以径寸明珠进御者，一宦官见之，即求贿赂。其人不从。宦官遂取丝络悬珠于梁，焚乳香薰之。须臾，珠即化为水。其人失色。宦官曰："尔独不能识宝耳。此非明珠也，乃猿对月凝视久，堕泪含月华结成者也。"其人惭悟而去。

子 母 相 关

尝见先妣在城南时，齐在芳村，月或三省或再省焉。每至时，先妣倚门见之，必喜曰："我一思，汝即来我前。"若是不知其几番也。今日思之，痛哉，痛哉！观《棠阴比事》，有子母牛以血渍骨相渐者，其天理盖可见。又闻昔人采薪归倦，假寐破窑中，忽梦如雷震，遂惊觉，归而母疾思儿不能至，遂啮指出血，其相关如此之重也。世之不孝于母者，是诚禽兽之不若也。

石 枕 兰 亭

三衢叶文可君章居钱唐，善镌刻，尝游于诸老友周本心、陈恕、杜清碧之门，颇知典故礼法。乃兄肃可学国语，为蒙古长史，娶蒙古氏，与予交有年。尝云："宋季小字《兰亭》，南渡前未之有也。盖因贾秋壑得一砥砆石枕，光莹可爱。贾秋壑欲刻《兰亭》，人皆难之。忽一镌者曰：'吾能蹙其字法，缩成小本，体制规模，当令具在。'贾甚喜。既成，此刻果然宛如定武本而小耳，缺损处皆全，亦神乎技也。今所传于世者，又此刻之诸孙也，世亦称《玉枕兰亭》云。"至正壬午春三月，为予论及如此，乃知小本之源也。此说盖得之宋明仲教授，其乃翁尝登贾之门行医，亲见其刻此枕，得预此庆宴云。

张 贞 居 书 法

钱唐张贞居善书法,初学赵松雪及唐皇玄宗《王先生碑》。松雪每称之曰:"某之后,书碑文者,计范德机、吴子善、张伯雨此三人耳。"后得《黄庭》古本,临写不肯释手,深得其笔法。晚年字体加瘦劲,识者谓其脱去带肉,止剩瘦筋,已至妙处了。尝为予论书法,且云:"用笔不可多滞水墨,当以毫端染墨作字,干则再染墨,切不可用力按开毫端,便不好也。凡退笔虽秃乏毫,皆洁净如未尝濡墨者。盖老赵写字,必连染三五管笔,信宿然后书之。"

赵 岩 乐 府

长沙赵岩,字鲁瞻,居溧阳,冀公南仲丞相之裔也。遭遇鲁王,尝在大长公主宫中,应旨立赋八首七言律诗宫词,公主赏赐甚盛。出门,凡金银器皿,皆碎而分惠宫中从者及寒士。后遭谤,遂退居江南。尝又于北门李氏园亭小饮,时有粉蝶十二枚,戏舞亭前,座客请赋今乐府,即席成《普天乐》前联《喜春来》四句云:"琉璃殿暖香浮细,翡翠帘深卷燕迟,夕阳芳草小亭西。问细履见十二个粉蝶儿飞。犹曲引子也。一个恋花心,一个搽春意,一个翩翻粉翅,一个乱点罗衣,一个掠草飞,一个穿帘戏,一个赶过杨花西园里睡,一个与游人步步相随,一个拍散晚烟,一个贪欢嫩蕊,那一个与祝英台梦里为期。"《普天乐》止十一句,今却赋十一个,末句结得甚工,便如作文字转换处,不过如此也。鲁瞻醉后,可顷刻赋诗百篇,有丁仲容之才思,时人皆推慕之。因不得志,日饮酒,醉而病死,遗骨归长沙。

脱 脱 还 桃

太师马札儿为小官时,尝赁屋以居。居有桃树未实,至熟时,脱脱尚幼,一日尽采以贮小衾。太师归,思问曰:"此桃何在?"脱脱曰:

"当时赁屋时,未尝言及此也,当还其主。"太师深喜之,所以他日亦拜相为太师云。

王 黄 华 翰 墨

王黄华翰墨名于女真,时人拟之苏东坡,得之者颇珍重其价。至元戊寅夏,在溧上时,予见一伶人来自中原,得一词云:"钓鱼船上谢三娘,双鬓已苍苍。蓑衣未必清贵,不肯换金章。汀草外,浦花旁,静鸣榔。自来好个渔父家风,一片潇湘。"字体瘦劲,不□北方遗□□初无书法。至正己亥秋,又见浙东帅府令史李某者,北方人。家有黄华纸上所书大字,字体颇类《小采》之飘逸,与向之所观山谷笺所写不同,未知孰是。

矮 松 诗

国初有张某者,真定人。幼能诗,曾赋小松云:"草中人不见,空外鹤先知。"后能篆法,自号秦山,官至御史,老于扬州。字体颇善,今北方牌扁多其所题。

神 童 诗

脱脱丞相当朝时,有神童来谒,能诗,年才数岁,令赋担诗,即成绝句云:"分得两头轻与重,世间何事不担当。"盖讽丞相也。

王 氏 奇 童

溧阳葛渚王氏崛起,富民也。至正庚寅间,其孙年六岁,能写文字。时知州把古者令见之,果能书径尺者,亦曰:"异哉!"但不能诗耳。又解记诵诗文,如数岁者。

止　箸

宋季大族设席,几案间必用箸瓶查斗,或银或漆木为之,以箸置瓶中。遇入座,则仆者移授客,人人有止箸,状类笔架而小,高广寸许,上刻二半月弯,以置箸,恐坠于几而有污也,以铜为之。

萨　都　刺

京口萨都刺,字天锡,本朱氏子,冒为西域回回人。善咏物赋诗,如《镜中灯》云"夜半金星犯太阴",《混堂》云"一笑相过裸形国",《鹤骨笛》云"西风吹下九皋音"之类,颇多工巧。金陵谢宗可效之,然拘于形似,欠作家风韵,且调低,识者不取也。

松　江　花　布

近时松江能染青花布,宛如一轴院画,或芦雁花草尤妙。此出于海外倭国,而吴人巧而效之,以木棉布染,盖印也。青久浣亦不脱,尝为靠裀之类。

宋　缂

宋代缂丝作,犹今日纻丝也。花样颜色,一段之间,深浅各不同,此工人之巧妙者。近代有织御容者,亦如之,但着色之妙未及耳。凡缂丝亦有数种,有成幅金枝花发者为上,有折枝杂花者次之,有数品颜色者,有止二色者,宛然如画。纻丝上有暗花,花亦无奇妙处,但繁华细密过之,终不及缂丝作也,得之者已足宝玩。

集 庆 官 纱

集庆官纱,诸处所无,虽杭人多慧,犹不能效之。但阔处三尺大数以上,杂色皆作。近又作一色素净者,尤妙。暑月之雅服也。

铜 钱 牌

宋季铜钱牌,或长三寸有奇,阔一寸,大小各不同,皆铸"临安府"三字,面铸钱贯,文曰壹伯之等之类,额有小窍,贯以致远,最便于民。近有人收以为钥匙牌者,亦罕得矣。

楮 币 之 患

楮币之患,起于宋季。置会子、交子之类以对货物,如今人开店铺私立纸票也,岂能久乎?至正壬辰,天下大乱,钞法颇艰。癸巳,又艰涩。至于乙未年,将绝于用,遂有"观音钞、画钞、折腰钞、波钞、燘不烂"之说。观音钞,描不成,画不就,如观音美貌也。画者,如画也。折腰者,折半用也。波者,俗言急走,谓不乐受,即走去也。燘不烂者,如碎絮筋查也。丙申,绝不用,交易惟用铜钱耳。钱之弊亦甚。官使百文,民用八十文,或六十文,或四十文,吴、越各不同。至于湖州、嘉兴,每贯仍旧百文,平江五十四文,杭州二十文,今四明漕至六十文。所以法不归一,民不能便也。且钱之小者、薄者,易失坏,愈久愈减耳。予尝私议用三等,金银皆作小锭,分为二等,须以精好者铸成,而凿几两重字,旁凿监造官吏工人姓名,背凿每郡县名,上至五十两,下至一两重。第三等铸铜钱,止如崇宁当二文、大元通宝当十文二样。余细钱,除五铢、半两、货泉等不可毁,存古外,唐、宋诸细钱并用毁之。所铸钱文曰"大元通宝",背文书某甲子字,如大定背上卯酉字是也。凡物价高者,用金,次用银,下用钱。钱不过二锭,盖一百贯也。银不过五十两,金不过十两,每金一两重,准银十两。银一两,准钱几百文。必公议铜价工本轻重，定为则例可也。如此则天下通行无阻滞亦无伪造者。纵使作伪，须金银之精好，钱之得式，又何患焉。近赵子威太守亦言之颇详，其法与此小异耳。

国 朝 文 典

大元国朝文典，有《和林志》、《至元新格》、《国朝典章》、《大元通制》、《至正条格》、《皇朝经世大典》、《大一统志》、《平宋录》、《大元一统纪略》、《元真使交录》、《国朝文类》、《皇元风雅》、《国初国信使交通书》、《后妃名臣录》、《名臣事略》、《钱唐遗事》、《十八史略》、《后至元事》、《风宪宏纲》、《成宪纲要》，赵松雪、元复初、邓素履、杨通微、姚牧庵、卢疏斋、徐容斋、王肯堂、王汲郡等三王、袁伯长、虞伯长、揭曼硕、欧阳圭斋、马伯庸、黄晋卿诸公文集，《江浙延祐首科程文》、《至正辛巳复科经文》及诸野史小录，至于今隐士高人漫录日记，皆为异日史馆之用，不可阙也。中间惟《和林》、《交信》二书，世不多见。吾藏《和林》，朱氏有《交信》三四书，未知近日存否？今壬辰乱后，日记略吾所见闻。所书也，凡近事之有祸福利害可为戒者，日举以训子弟，说一过使其易晓易见也，犹胜于说古人事。如奸盗之源，及人家招祸之始，与夫贪之患，利之害，某人勤俭而致富，某人怠惰而致贫，择其事之显者，逐一训导之，纵不能全，是亦可知警而减半为非也。先人每举历仕时所见人家之致兴废阴德报应，及经新过盗贼奸诈之由，逐一训诲子弟，使之知警，有是病者省察之，无是患者加谨之，其拳拳乎子孙训戒如此。呜呼！痛哉。

义 雁

溧阳同知州事保寿，字庆长，伟元人，寓常州。尝陪所亲某人从车驾往上都，回途中遇二雁，射其一。至暮，行二十余里，宿于帐房，其生雁飞逐悲鸣于空中，保寿及所亲皆伤感思家之念，不忍食之。明日早起，以死雁掷去。生雁随而飞落，转觉悲呼，若相问慰之状，久不能去。其人遂瘗之。时庚寅秋九月，与予谈及此，已十年前事也。因思元遗山先生有《雁冢词》，正与此同，乃知雁之有义，人所不及。故谚云："雁孤一世，鹤孤三年，鹊孤一周。"时所以亲迎奠雁者，岂无意乎？

欧 阳 宠 遇

溧阳教授天台林梦正，尝为僧数十年而复还俗，颇能诗文，游京师二十年，始得是职。一日，出示《许鲁斋神道碑》版本，乃欧阳玄奉敕撰者。梦正时在京，闻奉旨翰林有德行者为文，近臣以虞、揭诸公奏，再奉旨特以欧阳玄文不妄作，有德行，且明经学，当笔。于是，传旨命玄撰。可见欧阳公为人，得遇圣恩所眷，亦平昔公议如此。虽延祐诸贤及天历名士，未能为之，直待欧阳公了此，可拟前宋文忠公也。

欧 阳 梦 马

欧阳玄，字元功，号圭斋，浏阳人。幼梦天马墨色，大逾凡马数倍，横天而过，寤而赋之。延祐甲寅首科，公以《天马赋》中第，盖昔时所作也。为人谦和好礼，虽三尺童子请问，亦诚然答之。作文必询其实事而书，未尝代世俗夸诞。时人尝有论云："文法固虞、揭、黄诸公优于欧，实事不妄，则欧过于诸公多矣。"

议 立 东 宫

朝廷议立东宫，奉特旨命近臣召欧阳玄，以老疾不至。天子特以御罗亲书墨敕召之，略云："即日朝廷有大事商议，卿可勉为一行。"后不书名，但呼元功而已。圣眷之重，亘古莫有。玄即赴京，就以御札装潢成轴以荣之。既至，特旨乘舆赴殿墀下，其宠其荣，国朝百年以来一人而已，后以司徒封之。

地 理 之 应

地理之应,亦有可验者。若金陵之钟阜龙蟠,石城虎踞,真帝王之居也。此汉末诸葛武侯之言,必有得于地理之形势者。自吴而至六朝,皆常都之。然旧都距秦淮十八里,迫倚覆舟山紫薇之形也。南唐新城在秦淮河上,即今之集庆府城也,地势不及六朝远矣。句容之三茅山,原自丫头山。地理家尝谓丫头峰不尖,所以只主黄冠之流。若尖则为双文笔峰,必主出文章状元。丫头俗呼为丫角贪狼,盖阴阳者流以九星配山水者,固不足据。然其有是形者主是应,或可信矣。溧阳茆山前地脉一支过溪,直抵党城,又过溪至紫云山。凡在此脉上居止而得水汪洋回抱者,大则富,小则温饱。天历己巳旱,山东顽民欲引洮湖水灌溉,恨此脉截断溪间,纵石工凿断三五尺;而巡检申德兴禁之不能止,因大诃曰:“此州里之地脉,关系祸福!”遂跃马鞭击之。虽移文州司,责顽民之罪,已被其所损矣。山前一境,自前代旧称无贫乏者,皆地脉之应也,幸赖申君,不为深害。然山间树木与夫脉上人家,由是而日见消废矣。地理之验,岂偶然哉! 此予之目击耳闻,而乡人亦以此为痛恨。

渔 人 致 富

一渔人黄姓者,初贫,而母死于欠,化于茆山西南角上。盖捕鱼寓于此地者,就瘗灰骨于石穴之下,弗顾也。后术者相云:“此山山龙之稍止处小结穴,惜乎不深,只主小富耳。”自此捕鱼获利倍常时,岁余家计温饱,三载之后日益。遂佃吾家衙前墅田数十亩,为造屋授业之计。遂买巨舟二只,每岁终,充赁大家运粮输官仓之后,得钱十贯而致富云。雁兮墟、东都柂柄墟墟形如舟柁。路远湖墅村,相夹一沟,南北水旧通流,后人筑土实其南,俾路直连两墟。凡在墟之近筑处数十家,三载必有一人患膈气而翻胃死者。至正壬辰秋中,湖墅顽民石姓者作乱,雁兮村民惧其不测,因开土流通。复为流通,自是绝无翻胃者。

谢 庄 地 理

义兴谢庄谢仲明者,豪于里而子女多患痙疾。至元戊寅间,溧阳财赋提举司官王某者过之,谓其家富者,水法好也。盖自五里外迂回曲折而入,直至于门。然水口太塞,令凿上墩,并去杂水,别筑桥于水流之外乃佳,自后果无痙疾。王州号王铁判。盖以善相遇知文宗,得是官也。江西人。

溧 阳 新 河

溧阳南门外,宋末开河曰新河,建桥曰新桥,巷曰新巷。其地多产矮而驼者,不知何故。至国朝至顺间,始绝此患。新河出教场河,转桥南而东流也。北门砚池巷入东巷口戴姓者,居舍所造不合式,多曲折斜侧之态,常出驼痙如新河上者,术士为其改造,撤去斜侧,因遂绝其患。风水之说,见于葬书者,止言阴宅,葬后所主吉凶,未尝及此。此盖予目睹耳闻而不诬者,故直书之以训子孙也。予有《阳宅六段锦》甚妙,可以无此患矣。予家福贤寓宅,盖沈氏之故地,先君加筑而成者也。初有篱围于前,与沈氏园相接,宛如逆水兜势,观者咸以逆须鱼笼目之,言可入不可出也。后渐撤此篱,沈氏亦以小吝不复围障其园,眼界太空明,无关锁意思,家计不进,日见消歇,沈氏亦然。盖由阝山地脉之凿伤,龙翔庄舍之虎吼而致此耳。风水之验,岂不信乎?

善 权 寺 地 势

荆溪善权寺地势甚妙,向山似覆钵盂,所以止出僧流,形局之内,左泉射胁后山,有凹处风吹,常被盗讼。至正庚寅春,主僧继祖西印,江西人,善地理,因筑土墙于左臂之内,又筑石墙以塞其凹风。且言门景太空敞,亦筑墙围以关锁,寺遂无事。寺有前贤读书台。寺之地势,结穴为三,天地人也。寺得其地,尚存天人耳。西印与予旧,尝言:"金陵蒋山寺之巅,可望西江远来之水,岂云小哉?"又言:"前辈士人多就名山妙处读书,盖借取其王气而为灵变也。"是以往往名山多名公读书处。又闻钟山有紫气,如烟缥缈,可望而不可见,真佳兆也。

芳 村 祖 墓

地理之说,不可谓无。芳村外家祖墓,宋季咸淳吴将仕公讳旻者葬焉,颇荫福其子孙。后别房贫者,以右臂前地,佃于邻人取私租,不顾祸福也。予每言于内兄吴子道,当以己帑取之,亦吝微利而不听。不三年,西寇陷溧阳,犯莲河溪,芳村危急,吴之子弟起兵御之,兵败遇害者六人,仆厮数十人。考其地理之祸,非偶然也。每居族中,各杀一人,其可畏如此。由是家业大废,死亡被掠者相继不已。若三载之前,坟前未动土时,红寇尝过芳村至再三,亦无被害者,乱后反得财物,其势尤张,此地理之不可无也。

子 弟 三 不 幸

人家子弟有三不幸:处富贵而不习诗礼,一不幸也;内无严父兄,外无贤师友,二不幸也;早年丧父而无贤母以训之,三不幸也。

人 家 三 不 幸

人家有三不幸:读书种子断绝,一不幸也;使妇坐中堂,二不幸也;年老多蓄婢妾,三不幸也。

子 弟 居 室

人家子弟,未有居室,父母姑息之,尝遗之以钱,此最不可。非惟启博戏之习,且致游荡之资,不率教训,皆由是也。或生朝岁时,则以果核遗之,入学之后,则以纸笔遗之可也。

生 子 自 乳

凡生子以自乳最好,所以母子有相爱之情。吾家往往有此患,今当重戒之。或无乳而用乳母,必不得已而后可也,所以子弟不生娇惰,生女尤当戒之。

婚 姻 正 论

婚姻之礼,司马文正论之甚详,固可为万世法者。士大夫家或往往失此礼,不惟苟慕富贵,事于异类非族,所以坏乱家法,生子不肖,皆由是也。甚致于淫奔失身者,亦有之,可为痛恨。

寡 妇 居 处

予尝谓不幸人家有寡妇,当别静室处之。或遇妯娌有贤者,正言大节,时相训讲,以坚其志,或庶几焉。凡寡妇之居,与寻常妯娌相近,此最不好。盖起居言笑与夫妇之事,未必不动夫妇之心。此心一动,必不自安,久而不堪者,必求改适,不至于失节非礼者,鲜矣。至于室女之居,尤宜深静,凡父母兄嫂房室之间,亦不可使其亲近,恐窥见寻常狎近之貌,大非所宜。此亦古人防微杜渐之遗意也。

年 老 蓄 婢 妾

年老多蓄婢妾,最为人之不幸,辱身丧家,陷害子弟,靡不有之。吾家先人,晚年亦坐此患,乡里蹈此辙者多矣。又见荆溪王德翁,晚年买二伶女为妾,生子不肖。甚至翁死未逾月,而私通于中外,莫能禁止。此《袁氏世范》言之甚详,兹不再述,有家者当深玩之。

婢 妾 之 戒

寻常婢妾之多,犹费防闲,久而稍怠,未有不为不美之事。其大患有三:坏乱家法,一也;诱陷子弟,二也;玩人丧德,三也。士大夫无见识者,往往蹈此。人之买妾者,欲其侍奉之乐也。妾之多者,其居处纵使能制御,亦未免荒于淫佚矣,何乐之有! 或正室之妒忌,必致争喧,则家不治。苟正室之不妒,则妾自相倾危,适足为身家之重累,未见其可乐也。宜深戒之!

要 好 看 三 字

先人尝曰:"人只为'要好看'三字,坏了一生。便如饮食,有鱼菜了,却云简薄,更置肉。衣服有阙损,搀修补足矣,却云不好看,更置新鲜。房舍仅可居处待宾,却云不好看,更欲装饰。所以虚费生物,都因此坏了。"先人一履,皆逾数年,随损随补。一白绸袄,着三十年。终身未尝兼味。所居数间,仅蔽风雨,客位窗壁损漏,四十余年未尝一易,乡里皆讥诮之,不顾也。子孙识之,当以为法。

棺 椁 之 制

先人与杨亲翁杨待制尝论棺椁之制,文公《家礼》所谓棺仅使容身,椁仅可容棺。其言信矣。后世皆不晓此义,惟务高大,殊为不根。尝见乡中荒岁盗古冢者,得棺木改造水车粪桶之类,不知几百年也。盖郴州之巨木,状如老杉,富贵之家,半先竞价以买之,高者万贯,下者千贯,以为美饰,否则讥诮之,可谓愚惑之甚。今不若止用老杉木,或楠木为之,高不过四尺,厚亦不过三寸,庶免殉埋他物之患,且不广开土穴,以泄地气。椁惟用砖或柏木足矣。此论甚善。至正乙未以后,盗贼经过之所,凡远近墓冢,无不被其发者,丧不如速朽之为愈也，因记为戒。自天历己巳年旱歉后，诸处发冢之盗，公行不禁，不预凶事，礼也。然近世皆预备棺木，谓之寿函，亦必年过六十然后可作，此亦无妨也。

卷二

别 业 蓄 书

古人积金以遗子孙，子孙未必能尽守；积书以遗子孙，子孙未必能尽读。不如积阴德于冥冥之中，以为子孙无穷之计。此言甚好，吾家自先人寓溧阳，分沈氏居之半，以为别业，多蓄书卷，平昔爱护尤谨，虽子孙未尝轻易检阅，必有用然后告于先人，得所请乃可置于外馆。晚年，子弟分职，任于他所，惟婢辈几人在侍。予一日自外家归省，见一婢执《选诗演》半卷，又国初名公柬牍数幅，皆剪裁之余者。急扣其故，但云："某婢已将几卷褙鞋帮，某婢已将几卷覆酱瓿。"予奔告先人。先人曰："吾老矣，不暇及此，是以有此患。尔等居外，幼者又不晓事，婢妮无知，宜有此哉！"不觉叹恨，亦无如之何矣。予至上虞，闻李庄简公光无书不读，多蓄书册与宋名刻数万卷，子孙不肖，且粗率鄙俗，不能保守，书散于乡里之豪民家矣。《家训》徒存，无能知者。往往过客知庄简者，或访求遗迹，读其《家训》者，不觉为之痛心也。又见四明袁伯长学士，承祖父之业，广蓄书卷，国朝以来，甲于浙东。伯长没后，子孙不肖，尽为仆干窃去，转卖他人，或为婢妾所毁者过半。且名画旧刻，皆贱卖属异姓矣。悲夫！古人之言，信可征也。

诗 重 篇 名

《诗》之重篇名者，《柏舟》二，《邶》、《鄘》。《扬之水》三，《王》、《郑》、《唐》。《谷风》二，《邶》、《小雅》。《无衣》二，《唐》、《秦》。《杕杜》二。《唐》、《小雅》。

铁 板 尚 书

谚云:"铁板《尚书》,乱说《春秋》。"盖谓《书》乃帝王之心法典礼,学《春秋》者,但立得意高,便可断说也。

笔 品

予幼时见笔之品,有所谓三副二毫者,以兔毫为心,用纸裹,隔年羊毫副之,凡二层。有所谓兰蕊者,染羊毫如兰芽包,此三副差小,皆用笋箨叶束定,入竹管。有所谓枣心者,全用兔毫,外以黄丝线缠束其半,取其状如枣心也。至顺间,有所谓大小乐墨者,全用兔毫,散卓以线束其心,根用松胶,缎入竹管,管长尺五以上,笔头亦长二寸许,小者半之。后以松胶不坚,未散而笔头摇动脱落,始用生漆,至今盛行于世,但差小耳,其他样皆不复见也。笔生之擅名江、浙者,吴兴冯应科之后,有钱唐凌子善、钱瑞、张江祖出,近又吴兴陆颖、温国宝、陆文桂、黄子文、沈君宝,颇称于时。丙申以后,无复佳笔矣。

墨 品

江南之墨,称于时者三,龙游、齐峰、荆溪也。予尝试之,二者或煤粗损砚,惟荆溪于仲所造,则无此病,但伤于胶重耳。至顺后,或用鱼胶者,甚好。于氏已绝嗣,外甥李文远得其传,不若老于亲造之为佳。后至元间,姑苏一伶人吴善字国良者,以吹箫游于贵卿士大夫之门,偶得造墨法来荆溪,亚于李,亦可用也。近天台黄修之所造,可备急用。其长沙、临江,皆不足取,兵后亦亡矣。

白 鹿 纸

世传白鹿纸,乃龙虎山写箓之纸也,有碧黄白三品。其白者,莹泽光净可爱，且坚韧胜西江之纸。始因赵魏公松雪用以写字作画，盛行于时。阔幅而长者，称曰白箓，后以箓不雅，更名白鹿。临江亦造纸，似旧宋之单抄清江纸，兵后亦鲜矣。

龙　尾　石

歙县龙尾石，自元统以后，绝难得佳者。至正壬辰兵后，下品石亦难得矣。

乡　中　风　俗

乡中风俗，中户之家皆用藩篱围屋，上户用土筑墙，覆以上草。至元纪年之后，有力之家患盗所侵，皆易以碎石，远近多效之，由是丧讼交攻，不数年凋落甚矣。尝有业地理者与余言，此致不祥，其信然矣。至于茔墓用之，尤不吉。荆溪豪民杨希茂，溧阳王云龙，皆用石墙围祖墓，以绝樵采。至正壬辰之乱，杨、王全家遇害，其可畏也如此。

石　假　山

先人尝言，作石假山甚不祥。盖石者，土之骨也，不可使其露形于外。考之宋徽宗作花石纲，由是女真祸起。赵冀公南仲作石假山于溧阳南园，未几毁于兵火。豪民陈竹轩富甲于溧阳，号曰半州，所居即南仲之宅，堂后有巨石，高逾三丈，名曰双秀，见之者咸谓不祥，不数年竹轩死于京城，子孙凋落。又江景明，宣城人，寓居溧阳，风流文采，时人慕之，作假山石于南园，未逾年卒，由此遂废。妻兄吴子道假山石于所居之西，先人尝谕之曰："立石以为标格之美观，固是好。但高则不祥，若不过五六尺，不逾檐，则无伤也。"且历举其覆辙者言之，有吴兴奸民蒋德藻，曰："此公朴实，前辈特不欲此。"等至明年，外海致讼，家资废半，更兼子女祸于内，渐至气象不佳矣。至正丙申，毁于兵火。

寓 鄞 东 湖

予以至正春二月寓鄞之东湖上水,暇游史祖墓,途中见废宅基,史之外孙宋末所卜居,未几,入我国朝,宅废,爰易三姓,今为耕地,旁有曲水流觞,立石山之遗制,尚存数十太湖石,不暇观也。今年,一豪民贡谀于时贵,率土民舁运往城中,而豪谢者为之徇。此亦以假山之不祥,作而不能玩于数年之久,且以力得于吴中,岂易置者,必害民劳物耳。今又为他人所夺,意何时而已耶。己巳闰十月二十五日记。

卜 居 近 水

卜居近水,最雅致,且免火盗之患,然非地脉厚者不可居,只可为行乐之所。择乡村为上,负郭次之,城市又次之。山少而秀,水潆而澄者,可作居。山多而顽僻者,不可居。盖岚气能损人真气也。凡宅必倚地势,有来龙生脉者,能出人材;面对秀峰清水,则出聪明。若作圃,须要水四分,竹二分,花药二分,亭馆二分,然后能悦人心目,可游可息。

江 浙 可 居

江浙之可居者,金陵为上,溧阳、句容,可田可居。钟山、茅阜,可游可息。京口、毗陵次之,金坛风俗小淳,荆溪山水颇秀。吴兴又次之。山水之秀,风俗之浮。钱唐之华,姑苏之浇,可游不可居,故曰苏不如杭。越之薄,鄞之鄙,温之淫,台之狡,或可游,亦不可息,故曰台不如温,温不如鄞,鄞不如越。谚云:"明悭越薄。"凡边江临海之民,多狡犷悍暴难制。又曰:"温贼台鬼,衢毒婺痞,鄞不知耻,越薄如纸。"

淮 南 可 居

淮南之可居者,滁阳为上,仪真次之,舒城又次之。_{盖取其风土之接中}_{原者,厚也,接江南者,清也。}中原自古称风土之厚,惟邹鲁之邦为上,圣贤之遗风存焉。洛阳、汴梁次之,余未得其全美者矣。盖强悍之俗,战争之所由生也。故曰:"东南生气,西北战场。"

客 位 稍 远

人家客位,必须令与居室稍远。苟地窄不得也,亦使近外,毋与中门相望可也。

祭 祖 庖 厨

凡祭祀庖厨锅釜之类,皆别置近家庙祀堂之侧最好,庶可精洁感神。贫不能置者,亦先三日涤器釜洁净,此人家当谨之事。

浙 西 谚

浙西谚云:"年年防火起,夜夜防贼来。"盖地势低下,滨湖多盗,常有此患,此语亦好令人儆戒无虞也。至于为学检身者,亦然。

麦 蘖

麦蘖经炒,则不能化谷。庆元医者陈以明与予言,每炒用,忽遇造饧糖者曰:"麦蘖不可见火,但以酒缸炊饭试之。"陈如其言,以炒者置一缸内,以不炒者别置一缸内,三日视之,则炒者饭如故,不炒者已化为醅矣。

郑　氏　义　门

　　余尝观浦江郑氏义门《家规》极好,则于内一条云:"亲朋往来,掌宾客者禀于家长,当以诚意延款,务合其宜,虽至亲亦宜止宿于外馆。"此规尤善,盖杜渐防微之遗意。尝见浙西富家,多以母妻之党,中表子弟,使之入室混淆,渐致不美之事。此无他,盖主者不学无术,又无刚肠,纵令妇人辈溺于私亲,失于防闲之道,往往蹈此辙耳。又一条云:"仆人无故不入中门,亦不可与媵妾亲授。既立一转轮盘供送器物,又立一灶于其侧,外则注水而爨,内则汲汤而馈。子孙守之,勿轻改易。"此规深革其弊。尝见人家不辨内外,婢仆奸盗者多矣。先人家居谨内外,虽异居子弟,未尝辄入斋阁;诸子至暮,亦不敢入中门,况仆者乎? 晚年不理家事,此法废矣。予每以为恨,欲效此法,以俟异日。

商　纣　之　恶

　　商纣之恶,天人共怒,固不容于诛矣。然亦有人焉,犹足以绍六百年之宗祀,若微子是也。武王举兵,吊民伐罪,其义固正。然伐纣而自取之,是不急于吊民,而急于得国也。观武王之德,固足以灭商,然微子、箕子阙文。

赘　婿　俗　谚

　　人家赘婿,俗谚有云:"三不了事件。"使子不奉父母,妇不事舅姑,一也;以疏为亲,以亲为疏,二也;子强婿弱,必求归宗,或子弱婿强,必贻后患,三也。吾家尝坐此患,几至大变,若非先人刚肠,立法于前,吾兄弟义气,保全于后,未免失恩贻笑乡里。吾亦尝为赘婿,妻母以爱女之僻,内外疑谤,苟非吾之处心以道,薄于货财,未免堕于不义。

皮褥权坐

凡皮褥之类，只宜权坐，不可久睡。盖此物能夺人生气，理或然也。

婢妾命名

婢妾以花命名，此最不雅，君子当以为戒。先人未尝命婢妾以花草及春云、童哥等字，吾家后当为法。以妓为妾，人家之大不祥也。盖此辈阅人多矣，妖冶万状，皆亲历之。使其入宅院，必不久安。且引诱子女及诸妾，不美之事，容或有之，吾见多矣。未有以妓为妾而不败者，故谚云："席上不可无，家中不可有。"

柯　木

柯木惟蜀中有之，俗传与歌同音。邱宜切。郑音五来切，非。

楷　木

楷木惟吾祖陵有之，音与皆同，相传为南海外之木，弟子移植于鲁者也。二千余年，树身皆合抱，文理坚韧，可作拄杖手板之用。至正丁酉兵乱之后，所存无几矣。

五 子 最 恶

谚云："五子最恶。"谓瞎子、哑子、驼子、痴子、矮子。此五者，性狠愎，不近人情。盖残形之人，皆不仁不义，凶险莫测，屡试屡验。

天 道 好 还

天道好还,理之必然。溧阳新昌村房副使者,豪民也。生二女一子,患吏胥无厌,乃以二女招市中女保家子为婿,意谓得通于官府,可济豪黠。长婿谢其,次婿史敬甫,尝窃房氏物,私置田产。惟谢最多,惧其妇翁所察,凡券契皆伪托史氏名,盖史为房所溺爱也。谢卒,惟一子,名元吉;史止生一女,遂为婚姻。一日,史与谢生曰:"我有田契若干亩,质钱汝家,今已久矣,可检寻见还。"谢生诺之。逾数年,生亦无子,复养房氏子为后,因主其田产云。始知财物有分,非苟得者。房素豪于乡,未免刻剥小民之患,所以不能保,几为谢、史所夺。谢、史二人所取不义之物,各不能保,又归之房之子孙,已传四姓矣。天理昭然,其可昧乎! 又东培村民史氏,素富实,国初乱离之际,以金银掩置谷中,寄托其亲家某氏者。事定取之,惟得谷耳。史曰:"谷内有金若干,何不见还?"某曰:"昔所寄者谷耳,未尝见金也。"史不得已,忿怒而归,遂绝往来。又数年,史、某两家长老皆卒,子弟复相通好,某氏乃以女嫁史氏子,奁具颇厚,且有卧榻帏帐之类。一日,围屏损裂,撤而视之,皆田券也,乃谷中所寄之一物耳。验其所偿,略无遗矣。

美 德 尚 俭

俭者,美德也。人能尚俭,则于修德之事有所补。不暴殄天物,不重裘,不兼味,不妄毁伤,不厚于自奉,皆修德之渐,为人所当谨。先人幼遭世变,衣食不给,至壮始有居。仕而得禄,家用日饶,盖亦勤于治生所致。自壮至老,三十余年,未尝妄用一物。资产虽中年颇丰富,亦未尝过用,犹如昔年也。或有讥者,先人尝谕之曰:"吾今举家锦衣玉食,亦无不可者,但念幼时不给,不敢忘本。且略起侈心,即损俭德,必害诸物,获罪于造物矣。"于是,尝若不足。享年八十七岁,皆俭之报也。夫俭之德,于人厚矣。司马公有《训俭》文,已备言之。人生好俭,则处乡里无贪利之害,居官无贿赂之污,舍此,吾未见其能守身也。

人生从俭

先人尝云:"人生虽至富贵,但住下等屋,穿中等衣,吃上等饭。"所谓下等者,非茅茨土阶也,惟不垩壁不雕梁也。中等者,绫绢是也。上等者,非宝胾珍羞也,惟白米鱼肉也。予亦尝自谓住寻常屋,著寻常衣,吃寻常饭,使无异于众,尤妙。此予终身之受用也。

买妾可谨

买妾亦不可不谨,苟不察其性行及母之所为,必有淫污之患,以贻后悔,或致妄乱嗣续,此人之大不幸。尝见奉安汤氏幸婢私通于仆王关者而有妊,妄称主翁之子,主则不能察也。既长,资性愚贱,习下流,每为宗族乡党所诮。近土有如此者,亦多矣。且以吾家言之,先祖晚年,托外孙黄瀚纳妾,有姿色,先与之通,有娠已三月。既入门,虽察知其情状,为其色所眩惑,一时置之不问。后七月生子,复归之黄,命名遂初。自是复与黄通,或私仆隶,生子不肖,为吾家之患五十余年,其耻辱之事不一,可谓至恨。先人晚年,尝置半细婢三四人,虽以家法素守之严,且先妣制御之谨,犹为欺蔽;或为中外子弟私通,亦不能觉察,甚为清明之累。《袁氏世范》言甚详,不可不深思远虑。覆辙之祸,后当痛戒。

壮年置妾

壮年无子,但当置妾,未可便立嗣。或过四旬之后,自觉精力稍衰,则选兄弟之子。无则从兄弟之子,以至近族或远族,必欲取同宗之源,又当择其贤谨者可也。不然,当视吾家之患。或有不肖,亦当别议。凡异姓之子,皆不得为后。北溪陈先生云:"阳若有继,阴已绝矣。"近世士族，或以庶生之弟为嗣，此大乱伦序，知礼者当谨为戒。

娶 妻 苟 慕

娶妻苟慕富贵者，必有降志辱身之忧。尝见冯氏奸生子晋，既长，娶当涂东管陶氏为妇。陶之家富有食具，既娶而淫悍，且在家时已与邻家子通，未尝觉也。后生子顽很凶暴，通乎其同母妹，不齿于人。而陶后通其邻钱四官者。晋死，又通于仆小葛者，恶丑太甚，不可言也。

又

又，五叔逊道，寓杭州，丧妻厉氏，后议再娶，堕于媒妁之言，而与湖州市牛家寡妇濮氏成姻，意其田产资装之盛，弗耻其失节也。既入其家门，其田则质于僧寺，问其食具，则假于他人者，惟空屋数间，大失所望。且濮与陈富一通，凡数堕胎，皆邻媪臧氏济其奸事。五叔虽知之，不能去者，亦因濮能谀媚曲从，侍奉百至所惑耳。凡其已帑，皆为濮所有，反受其制，莫敢谁何。自是濮暴悍奸淫，与陈通无间。及赴□溪县尹任，濮、陈受赂，几为所倾，致仕而归。

浙西风俗之薄者，莫甚于以女质于人，年满归，又质而之他，或至再三然后嫁。其俗之弊，以为不若是，则众诮之曰："无人要者。"盖多质则得物多也。苏、杭尤盛。予尝与遂从子希定论及此，为之叹息。窃谓买妾亦当先察其姓行，否则卜之而后纳之，使得以终其身，死则陪葬，勿使受污，勿更适人，此亦仁人之用心也。或有恶行，则当逐之，是自取之，非在我者也。惟婢亦然，幸之而能谨愿无过，忠事其主者，待之与妾同。或有忠勤奉侍，而为正室妒忌者，当详察之，慎勿令无过而受枉。

脱欢无嗣

脱欢大夫无嗣时，纳一民家女为妾，颇谨愿。既生子，脱欢加意待之，甚为其妻所妒，驱迫陷诱，其妾不受污。一日以冷热酒相和，命之饮，既醉，使二婢扶其就寝于脱欢之榻，盖重裀列褥锦绣之乡。睡未熟，复呼之。其妾勉强起行，已被酒恶所病，遂呕吐秽物满床席。脱欢归，妻趋而前曰："官人爱此妾，不知其不才也。伺尔出门，即痛饮醉，且与仆厮嬉笑，今坏尔衾褥，当何如？"脱欢素好洁净，视之，不觉大怒。此妾欲明主母之计，不敢言也。于是出之。脱欢昏愚之流，其妻淫妒之甚，莫能制御，几被杀子绝嗣，幸而免耳。

婢妾察情

婢妾有无故而事主弗谨者，必有嫁心，察其情实，颇资以遣之，听其适人，不可留，留则生事，恐贻后患。

屠刽报应

镇江一民，以屠刽致温饱，尝淫人之妻者，不可悉数。其妻有美色而淫，每坐肆中卖猪肉。邻人潘二者，以木梳为业，善歌，每歌淫词以挑之，遂与私通。一夕，其夫出外买猪，行未十里许，忽忘取他物，急还家，呼妻不应，启关视之，则与奸夫潘二者正酣睡。其夫遂斩潘二首而去。其妻不知也，既觉而惊异，亦不声言，乃以奸夫肢体，碎之以食猪，拭去血痕，略不彰露。逾月，其夫复归，因醉而问曰："向日你与奸夫同睡，被吾杀之，汝知之乎？"妻曰："我不知也，岂有此事，勿乱言也。"夜半，亦杀其夫以饲猪，以灯笼置于门侧，呼其婢曰："你主人出外，何不开门？"婢曰："不知。"出门视之，遗灯尚在，意谓主人出也。明日，此妇坐铺自若。更一月，邻人咸疑夫之不归，且潘二之无踪迹。众来询其妇，妇以他辞答之，仓皇失措，遂闻之官，其妇伏诛。此亦报应之一端也。

又，溧阳奉安汤子刚淫佃客之妻，凡租米及逋负皆置之不问。过数年，佃妇色衰，且诸子长大，子刚索其积年旧逋，佃客无从而出。诸子怒，思与母雪耻。一日，伺子刚出门，持长柄斧追而杀之。后虽闻之官，以正其首谋者之罪，亦何补于事矣。此岂非报应也。夫以妇人之淫乱，固自关于其家前人之作恶，所以报之耳。或以势利威胁，无故引诱而淫污人之妇，则其夫家百世祖宗，皆受耻辱，冥冥之中，安得无报应乎？或以势强人之女为妾，虽若比淫人之妇稍轻，然非情愿，终亦不免得罪于造物矣。

希 元 报 应

天台林希元尝馆于其乡张大本家，私通其女。游宦于京师，又通馆人之妇，就娶为妻。后为上虞县尹，妻妾淫奔，希元防闲太甚，独官三年，卒于县。其妻通于希元姊之子徐生，复以女妻之。张大本者乃携女出更适人，一时狼籍，人人皆耻之，此报应之速也。虽居官能廉，交友能信，且能文章，甚为士大夫之所惜耳。

金 陵 二 屠

金陵二屠者，尝以同出买猪，情好甚密，遂为结义弟兄，往来无忌惮。一日，弟与兄妻曰："吾无妻，凡寒暑衣服，皆得藉嫂氏，破为补缀，垢为洗濯。他日得娶，当报吾兄。但今冷守空房而不能耳，若得嫂全吾一宿之愿，吾妻异日亦当侍兄。"妇乃以是言备陈其夫。夫令其妻与之通，意必弟娶不负信也。后弟娶，兄亦求奸，不从，遂持尖刀往刺杀之；复自刎，不死，乃为地方所获。闻之官，审供其情，各证其罪，悔无及矣。

鄞 县 侏 儒

鄞县大松场滨海民某者,侏儒之甚,且戆呆。娶妻有姿色,不乐与夫妇同处,遂私通于某。既不称其淫欲,又通于某。一日,此妇语之曰:"某者来,不能拒绝之,不若杀之可也。"后奸者即伺前奸者闲行,扑杀于海。未几,此妇复语之曰:"尚有亲夫在,或能知之,奈何?当复杀之。"后奸者于是杀其亲夫于海,然后请于里之大姓潘氏,遂为夫妇。闻者莫不以为大恨。予寓东湖,有叶氏子备言其详,因记于此,以俟贤宰县者至,当白之以正其罪,戒后之为恶者云。

不 葬 父 母

不葬父母者,大获阴罪,前代已有明鉴,姑以所见者言之。荆溪芳村吴义安以父母烬骨,置祖祠梁上,终身不葬。后生子不肖,亦如之。吴子文不葬母者七年,吾尝力谕之,更助以钱,始克葬,后以不善终。弟应东、长子本中皆为盗所杀。

妻 死 不 葬

溧阳张允天妻死不葬,至正丙申死于非命。鄞县袁日华不葬其妻,及身死四年,庶母老而子幼,弟父不义,至今亦不克葬。五叔逊道同知丧妻厉氏,既从异端,烬骨寄僧舍中,又无故终身不葬,后为晚妇淫悍所辱,甚至见逐于外,困饿而死。庶子克一,亦从异端,焚化复寄僧舍中,与其母骨相并。至正己亥冬,西寇犯杭城,僧舍皆毁,遗骨亦为之狼籍。近世有如此者,亦多矣。报应显然,兹不尽录。

画 兰 法

予记至正辛巳秋过洮湖上,忽邻人郎玄隐来访。玄隐幼为黄冠于三茅山，善画兰，得明雪窗笔法，因授于予曰："画兰画花易，画叶难。必得钱唐黄于文小鸡距样笔，方可作兰。用食指擒定笔，以中指无名托起，乃以小拇指划纸，衬托笔法挥之。起笔稍重，中用轻，末用重，结笔稍轻，则叶反侧斜正如生。有三过笔，有四过笔，叶有大乘钓竿、小乘钓竿，皆叶势也。花或上或下，叶自下而上，花干自上而下，盖取笔势之便也。毫须破水墨，则叶中色浅而两旁稍浓也。忌似鸡笼，忌似井字，忌向背不分。花有大小驴耳、判官头、平沙落雁、平沙落雁势，画薄花也。大翘楚、小翘楚诸形。茅有其颖、发箭诸体。"盖兰谱也。壬辰毁于寇，今略记此仿佛于上云。

学　书　法

　　凡学书字，必用好墨、好砚、好纸、好笔。笔墨尤为要紧。笔不好则坏手法，久而习定，则书法手势俱废，不如前日矣。墨不好则滞笔毫，不能运动，亦坏手法。此吾亲受此患。向者在家，有荆溪墨、钱唐笔，作字临帖，间有可取处。及避地鄞县，吴、越阻隔，凡有以钱唐信物至，则逻者必夺之，更锻炼以狱，或有至死者，所以就本处买羊毫蒜麻丝所造杂用笔，井市卖具胶墨，所以作字法皆废。仅存得旧墨少许，以自备用，不敢纵研磨也。吴中则不然，凡越、明、温、台之物至者，置之不问，其相去也远矣。呜呼！悲哉。

鲜于困学书法

　　鲜于困学公善书悬笔，以马鞯三片置于座之左右及座顶，醉则提笔随意书之，以熟手势，此良法也。悬笔最好可提笔，则到底亦不碍手，惟鲜公能之，赵松雪稍不及也。

松雪家传书法

　　赵松雪教子弟写字，自有家传口诀，或如作斜字草书，以斗直下笔,用笔侧锋转向左而下,且作屋漏纹,今仲先传之。又试仲穆幼时把笔,潜立于后掣其管,若随手而起,不放笔管,则笑而止。或掣其手墨污三指,则挞而训之。盖欲执管之坚,用力如百钧石也。尝闻先人如此说,顾利宾、董仲诚亦谈及之。

鱼鱿作简

前辈以鱼鱿作简牌,方广八寸,状如旧家红漆木简板,盖惜字省纸,又便于临摹古法帖。又见旧府第有象牙简板尤好,但不可隐写法书耳,且富贵气也。

冀国公论书法画法

宋冀国公赵南仲葵在溧阳时,尝与馆客论画有云:"画无今古,眼有高低。"予谓书法亦然。当今赵松雪公画与书,皆能造古人之阃,又何必苦求古人耶!

裁翦石刻

石刻不可裁翦。宋赵德父收金石刻二千卷,皆裱成长轴,甚妙,盖存古制,想见遗风也。予尝论亦不必装潢太整齐,但以韧纸托褙定,上下略用厚纸,以纸绳缀之。可以悬挂而展玩;否,折叠收之,庶几不繁重而易卷藏也。或有不得已裁翦作册子褙者,凡有阙处,听其自阙,磨灭处白纸切不可裁去了,须是一一褙在册子内,略存遗制。今考洪氏《隶释》有云阙几字者,正谓此也。若打磨唐古刻,须用纸幅宽过于碑石,则无阙遗字制也,好古者宜留心焉。

收贮古刻

予甚爱古刻,尝欲广收贮而不能如意。壬辰以前,先君因宦游江、浙间，多拓得碑刻墨本。及予续收，本逾数百，红巾盗起，皆散失不存矣。观赵德父之妻李易安居士所论，最善，今不敢多置，抑且无买书之资耳。惟存古刻数本，皆世之罕有者。若古钟鼎款识，古《黄庭》、《兰亭》、《楚相》旧碑及《石经》遗字、《急就章》之类是也。若唐名刻，则欧阳率更《化度寺铭》，近得一本，虽旧而未尽善。虞永兴《庙堂记》、褚河南《孟法师》、薛河东《郑县令》三刻，久失而求之未得者，当俟他日。其余虽满千数，亦徒堆几案耳，又何以多为贵耶。然物之废兴，自古及今有不可免者，至于人亦然。存亡之数，尤系前定，亦不足论也。物之微固可寓意，岂可留意而反为吾累哉，此予之鄙论也。

江 西 学 馆

江西学馆读书，皆有成式。《四书集注》作一册钉，《经传》作一册钉，少微《通鉴详节》横驰作一册钉，《诗苑丛珠》作一册钉，《礼部韵略》增注本作一册钉。庐陵娄奎所性游学溧上，其子弟皆如此，云易于怀挟，免致脱落也。此法甚便，吾甚效之。至如僻地，尤宜此法。

文 章 设 问

近闻或者有云："古之文章，即今之文章，便今之虚妄，古亦由是。"即数问于宣城贡相之有成。有成对曰："何以设此问耶？"或者曰："吾见今之乡里人骤富者，非好礼之家，家或不正。且富从不义而得，爵从非礼而受，往往托名公为文，称好善乐义，有功立勋，及节妇贞烈之门者，吾尝疑之，使文章为虚诞之具邪？为后世之美事邪？"有成曰："必有其实事半而饰以文耳。"或者曰："若经略使赠某氏节妇及某叟高年耆德者，吾世知之，某人淫乱，某人不义，而富岂能掩蔽耶？"有成无以答，但唯唯而已。或者曰："吾今亦不能尽信古之文章也。"予闻其言，深切叹之。贤如韩子，犹不免谀墓金之诮。蔡伯喈尚云："唯郭有道碑无愧近世。"如京城淫风太甚，虽达官犹不免。盖风俗习惯，皆妇人出来行礼，日必醉而后归，或通于隶厮，或通于恶少年，或通于江南人求仕者,比比皆然,其节妇不可胜数,此近礼部而易得也。若南洲遐域,果有贞烈而贫者,至死亦无闻焉。此文人才士虚诞言辞之不可信也。必若近地有贞烈之可考,而里人为之记者,或可信。其翰林诸公所为,皆不足取,徒以其名之增价为乡里讥诮耳。今虞、黄、张、贡皆妄诞不实,当代有诚笃君子,必以吾言为然也。又知宋季事实皆不足信,若袁韶之父,前史云为郡小隶,盖杖直也,果有阴德,或系罪者,多用猪肉贯于杖中,往往多受其轻刑免死之德,是以有后。近因其养子之孙伯长公为史官时,改作小隶为吏字,已过于实矣。其诸生辈犹耻之,又欲隐然夸诞讹言小吏为小官,愈失其实矣。若是者岂胜数哉!岂胜叹哉! <small>袁升,字德远,为郡小吏,而有阴德,后生子贵,追赠卫国公,妻杨氏齐国夫人。</small>

学 文 读 孟

愚谓学作文不必求奇,但熟读孟子足矣。以韩、柳、欧、曾间架活套为常式,以《孟子》之言辞句意行之于体式之中,无不妙也。盖《孟子》之言有理有法,虽太史公亦不能及,徒夸艳于美观耳,吾不取也。此吾近日读《孟子》忽有所悟。

梁 栋 题 峰

宋末士人梁栋隆吉先生有诗名,以其弟中砥为黄冠,受业三茅山,尝往还,或终岁焉。一日,登大茅峰题壁赋长句有云:"大君上天宝剑化,小龙入海明珠沉。""安得长松撑日月,华阳世界收层阴。"隆吉先生每恃己才,藐忽众人。众人多憾之,且好多言。一黄冠者与隆吉有隙,诉此诗于句容县,以为谤讪朝廷,有思宋之心。县上于郡。郡达于行省。行省闻之都省,直毁屋壁,函致京师,捄梁公系于狱。不伏,但云:"吾自赋诗耳,非谤讪也。"久而不释。及礼部官拟云:"诗人吟咏情性,不可诬以谤讪。倘使是谤讪,亦非堂堂天朝所不能容者。"于是免罪放还江南。尝观其子才所编诗集一帙散失之复存者,赋《雪中见山茶一株》云："千株守红死,一点反魂归。"赋《暴雨》云：
"痴儿娇勿啼,不久须晴霁。"赋《蔬》云："家贫忽暴富,菜种二十七。
痴儿不解事,问我何从得？于义苟有违,吾宁饥不食。"其诗中之意,
亦足悲矣。惜乎见义不能勇为,以致托乎言辞,而招辱身之过,志有
余而才不足,非吾叠山公所出挤得做得之人也。然大事已去矣,力既
不能挽回,所以郁郁于不得志,犹托之空言,亦厌见衣冠制度之改,有
不容自己者耳。呜呼！若梁公者,其殷之顽民欤！于兹可见宋之维
持人材也至矣。我朝八十余年,深仁厚德,非不及于士民也。今天下
扰攘十载,求之若梁公者,亦岂易得也哉！亦岂易得也哉！初本已
失,其孙实子真为江西宪使时,重刻板于家。后金陵陷,子真辟地钱
唐,此集又不知存亡也。后世之托于空言者,视此为戒。

鹦　鹉　诗

前辈尝论诗云："莫谓宋人不能诗者,且以蔡确一绝句云：'鹦鹉
言犹在,枇杷事已非。伤心瘴江水,同渡不同归。'亦自好诗法。"确遭
贬,笼养一鹦鹉,每以妾枇杷调之作人语。后放还,复渡江,而妾死
矣,故作是诗也。

鹦　鹉　曲

冯海粟题《鹦鹉曲》序云："白无咎有《鹦鹉曲》云：'侬家鹦鹉洲边
住,是个不识字渔父。浪花中一叶扁舟,睡熟江南烟雨,觉来满眼青
山,抖擞绿蓑归去。算从前错怨天公,甚也有安排我处。'余壬寅留上
京,有北京伶妇御园秀之属,相从风雪中,恨此曲无续之者。且谓前
后多亲炙士大夫,拘于韵度,如第一'父'字,便难下语。又'甚也有安
排我处','甚'字必须去声字,'我'字必须上声字,音律始谐。不然,
不可歌,此一节又难下语也。诸公举酒索余和之,以'汴、吴、上都、天
京风景'试续之云云。"

广 德 乡 司

广德小民钱乡司者,专与乡里大家理田亩丈尺税赋等,则出入谓之乡司,至贱之职也,能存心于正直,无私曲,生子用士登进士第,为国史编修官。他乡司者或以多作寡,以实作虚,子孙死绝者,比比然也。

不 惜 衣 食

人云:"不惜衣裳,得冻死报。不惜饮食,获饿死报。寻常过分,获贫穷报。"谚云:"惜衣得衣,惜食得食。"此言虽鄙,最是实论。以古今之好奢侈殄天物者验之,多不善终。或过于衣服,必贫而无衣;或过于饮食,必贫而无食。至于遗剩饭食饭粒于地以饲鸡犬者,往往皆饿死;寻常虚费剪布帛者,多冻死,吾见亦多矣。

结 交 胜 己

谚云:"结交须胜己,似我不如无。"朱子云:"亲近师友,莫与不胜己者往来,薰染习熟坏了人也。"此言深有补于世道。吾尝谓取友相观以善,有以全德而交之者,有以一行而交之者,又有一善则思齐,有一不善则当自反,非谓好其善而不知其恶也。今有人焉,能以忠孝存心,轻财仗义,行人之所难行,处人之所难处,虽无学问,无才艺,吾取其本而弃其末,故交之乃心交也。或多学问而鲜仁义,或有才艺而无德行,吾取其长而弃其短,泛交之非真交也。人之于己者亦然,使己有善,人当效之,有一不善,人当责之,如此,然后可见责善为朋友之道焉。古人云:"日久与之俱化。"此之谓也。

成 人 在 勤

谚云："成人不自在，自在不成人。"子朱子云："此言虽浅，然实切至之论，千万勉之。"先人每以此二句苦口教人，虽拳拳服膺，尚未行到此地步之极处，因书以自警。

家 法 兴 废

尝谓有家法则兴，无家法则废，此系人家兴废之枢机也，至于国亦然。吾自十八九岁时，先人年已老，不理家事，悉以朱氏姊主之，遗法渐废。及在外家，又皆处置不以礼。因观《袁氏世范》，有感于心，且念先人之遗法，作《家范》以自警。若姊若兄弟终不谕者，至于今未尝不叹息痛恨也。至正戊戌春，获睹浦江义门《郑氏家规》于上虞王生处，于是重有感焉。尝记溧阳孔汝楫字济川者，本细民，以友爱于兄而致富，颇有忠于家法。其妻陈氏，虽小吏之女，相助其夫。无后嗣，养蒋氏子惟和为后。一日，为娶蔡氏女。蔡亦细民而富者，至其家，见弟侄或坐于叔兄之上，恬不为怪。汝楫归语其妻曰："蔡家无礼，今虽胜吾家，后不若也。"不数年，蔡果荡废，子孙狼籍之甚。汝楫死，庶子惟懋渐习华靡，养子亦如之。母陈不能制，渐致凋谢。后遇寇，家业一空。朱氏姊既废先人之法，且习奢，亦为寇所废，至今贫窘不可言。吾虽避地，赖先人之灵，亦以不敢违背家法见祐，庶几小安于客旅云。

秤 斗 不 平

秤斗不平，大获天谴，往往见雷击天火之报，皆此等人家。或邻火而独免，或里疫而独安，皆孝义之家，能以不欺心获此报耳。如此者甚多，不欲举其名字也。吾家秤斗只如一，至吾用事，又较平之。长兄又或斛以收田租，比前差小五合，佃户欣然。避地小安，此亦报之一也。

浙 西 风 俗

浙西风俗太薄者,有妇女自理生计,直欲与夫相抗,谓之私。乃各设掌事之人,不相统属,以致升堂入室,渐为不美之事。或其夫与亲戚乡邻往复馈之,而妻亦如之,谓之梯己问信,以致出游赴宴,渐为淫荡之风,至如母子亦然。浙东间或若是者,盖有之矣。夫妇人,伏于人者也,无专制之义,有三从之道。今浙间妇女虽有夫在,亦如无夫,有子亦如无子,非理处事,习以成风,往往陷于不义,使子弟视之,长其凶恶,皆由此耳。或因夫之酖酗纵博,子之不肖者,固是妇人之不幸,亦当苦谏其夫,严教其子,使改过为善可也,亦不当自拟为男子之事,此乃人家之大不祥也。

妇人不嫁为节

表兄沈教授圭常言:"妇人以不嫁为节,不若嫁之以全其节;兄弟以不分为义,不若分之以全其义。"此论若浅近,然实痛切,盖因不得已而立是言也。世有仗大义立大节者,则不然。吾尝问此二句出何典故,表兄云:"闻诸传记者,亦未暇考其详,但是好言语耳。"今大家巨族,往往有此患,守志之不能终,阴为不美;同居之不能久,心怀不平,未若此言之为愈也。

寻 常 侍 奉

寻常侍奉父母,固是子妇之职,然至切近之处,非婢妾则不可,年老之人尤要紧。凡早晚寒温之事,惟婢妾为能相安。谚云:"男子侍奉,不如女子相便。"然有婢妾,无法以制之,不免外患,《袁氏世范》、《应氏训俗编》言之详矣,当谨戒之。戒之之要,在乎谨内外,时防闲。防闲之法,在乎主母及长子家妇。世之蓄婢妾者,不可不鉴。

楮 帛 伪 物

宋孙朝奉伟云："近世焚楮帛及下里伪物，唐以前无之，盖出于玄宗时王屿辈牵合寓马之义。数百年间，俚俗相师，习以为常。至于祀上帝亦有用之者，皆浮屠老子之徒，欺惑愚众。天固不可欺，乃自欺耳。士大夫从而欺其先，是以祖考为无知也。颜鲁公尝不用矣，惜乎不以文字导愚民焉。伟今一切斥去之，有违此训，非孙氏子孙也。"斯言盖欲使后人知其无用而谆谆告戒乎？吾家自先人不祭非族，然犹未免随俗，以楮帛祀先，且用俗礼。及吾祭祀时，一遵家礼，凡冥钱寓马皆斥去，尝作《楮钱说》以明之。若神主匮祭器，皆从吾始。今在患难之中，不能备礼，故从苟简，然亦不敢阙也。

外 戚 之 患

外戚之患，深入骨髓，为国亦然，此又人家之不可不知也。外舅吴丹徒殁后二年，为至元己卯岁，外姑潘氏主家，三子德远、子道、德芳各治其己事而不辅其母。癸未岁，有幸婢邹淫奔，一日，私与佣工掌事潘大关者通，潘氏侄也。事觉，将出之。大关乞怜于德芳，欲强娶。潘氏不许。大关以德芳沉酗无酒德，即饮之，使醉归，以刀胁其母。母扃户不纳。德芳以刀刺户，几伤母臂。明日，欲讼于官，族党引德芳请罪，乃免。即遣此婢嫁乡佃华亚寄，逐大关出外。逾年，大关复至，潘氏溺于私戚，亦不问也，数私盗家财及离间其母子。吴氏之族咸恶之，敢怒不敢言。至正甲申秋七月后，德芳卒，无嗣，惟妻尹氏寡居。逾四年，后不能守，意欲更适。大关者乞怜于潘氏，将许之。其孙吴溥者，力谏于父子道曰："昔者使吾叔有犯母之恶，皆大关所陷。且犯祖之幸婢，此吾家之大恨，今奈何又欲辱吾门乎？"族党咸攻之，遂寝其议。尹亦不敢有他志，而大关复执隶役。夫世之愚者，莫甚于妇人，所以易于受侮。虽有聪明如武后，犹不免杀亲子，立外族，自欲绝于宗祀，况其他者乎？若潘氏之溺于外戚者，始由丹徒公之无刚肠远虑,终亦诸子之不学无术也。吾自赘居时,尝见外戚之党烂其盈门,又从而招致他族,其元恶则大关也。眇一目而生逆毛,吾深恶之,已知其为他日之患。既而小丑微露,吾力言之,潘氏唯唯然不能除患,亦无一人能以利害□之者,直至攘窃幸婢,凶暴日张,几不能免乎殒身非命,祸及家门,犹且隐忍姑息,以至祸乱大作,乃欲污其寡妇,利其家财。潘氏顿忘夫子之大耻,略不为恨,哀哉!向非溥之力谏,则丹徒父子之大耻,何日而雪,潘氏亦何面目见吴家之祖先乎?事既往矣,言之痛心。有志于家法者,尚鉴于兹。

古 之 贤 母

古之贤母,载之方册,不为少矣。且以目所见者一二言之。

金陵王勋,字成之,世为儒学门族仆,其母甚贤。先祖约授时,勋尚幼,母令其侍奉读书,每训之曰:"汝亲近官人,学做好人,我当纺绩供汝衣食耳。买书与汝读,他日识得几个字,免做贱隶,我含笑入地下矣。"先祖闻之,遂令勋受读,日侍先人于学舍。既长,试吏,后至府架阁,为母求墓铭,翰林赵子昂书字。勋生壁,字长文,今为州案牍官。

溧阳徐生本刀镊者,其妻为故家之妾,既娶而改业。及有娠,乃属其夫迁居乡先生李仲举之邻,且曰:"令子在腹中,日闻读书声,必能若是也。"后生子朝显,字公达,自五六岁时即能记诵千余言,长而习举子业,此母之所训也。

又,严儒珍,隶卒子也。幼孤,母训其读书,从汤景贤学。至正辛卯中进士第,授分宜县丞。今辟江浙行省掾史。

上虞谢生,世为隶卒之役。乡有故家叶氏女,贫而孤,下嫁于谢之祖。既娶而家道日兴,生子变其习,后诸孙皆知读书学儒者事,此亦母之遗训也。

又,宣江汉,景明父也,幼失母,从父寓居溧阳,依继母养。及九岁,父卒。母训之曰:"汝母早亡,吾养之无异心。今汝父又死,汝勿以吾继母有外心。吾固甘心守节而待之。"汉拜而受训。其母后择贤师而教,躬纺绩助其薪水。子亦不违母意,日则勤诵读之功,夜则尽温清之礼,遂成儒业。乡人无不赞叹。母再无他志,为终身焉。

蒋 氏 嫡 贤

溧阳辛丰墟蒋氏,相传善兴负村之裔,家虽贫窘,读书尚礼,不怠其志。后生子文秀富,且母贤训,习举子业,累科不第,至正间纳粟补官。虽为乡人之诮,因才后擢宪职。厥族有居湖墅者,渐成消废,惟荆溪州中楼下一族,颇师事书业。

又,宣城王德辉,其父无□,纳姚为妾,正室薛争妒不已。越三年,夫丧,薛议出其妾。妾曰:“且勿嫁,有娠。”后果生德辉。薛加抚育,过于养母。既大,择师款业,至正戊子登第,此则嫡母之贤训也。

十 六 字 铭

先公尝言以十六字作座右铭,凡铸镜背及几杖铭匣上,皆书之云:“宁人负我,毋我负人。宁存书种,无苟富贵。”

和 睦 宗 族

和睦宗族,置义庄广宅,最是第一件好事,亦是最难之事。使其皆得如今浦江郑氏有家规以制之,则无愚不肖之患。贤者既守诗礼,愚者又能修教,志气相若,家法归一,长幼之中,循规守矩,焉有不同居不和睦者乎? 或有愚者愈愚,不肖者愈不肖,日习下流,自暴自弃,一家之中,贤愚相别,则难睦矣。且如兄弟之气禀,犹自不同。有尚志气者,所为皆上等之事,日笃行父师之训,唯恐不及。有徇贪鄙者,则反是,至于交友婚姻,亦下等之人,非无严父师之教也。又有一等,气质虽美而不学无术,闻父师之教为不足行,论才行之士为不足法,甘心庸碌而不知,熏染污俗而不耻。使其交友姻戚,一旦与之往复,非惟污降志气,抑且坏乱家规,为子弟害;若遽然绝之,又失亲情之道,若此等事,最是难处。人家不幸而遇此,则当竭力以救其源,俾知礼法相尚,过失相规可也。或不能救,则当以家法自处,切不可与之往来,熏染习俗,坏了人也。谚云:"要做好人者,自做好人。不要做好人者,自不做好人。"此言虽鄙,然实不得已而自警也。近世士大夫家,犹多此患,至于吾家亦然。吾亦处得自好。他日子孙长成,必效浦江义门家法也。然亦无难之,行事在吾一人,有志者行之,恐甚易也。至正庚子冬十月癸巳,灯下有感,书此以志之。时寓鄞之东湖上水居。

遗 山 奇 虎

遗山元先生金末遭乱,避兵行至一穷僻之所,有古庙焉,因假宿,意谓明日将他之也。忽更余,若有人声自梁屋间出,熟听之,声愈亲切,问元先生曰:"先生博学强记,吾尝闻之矣。试与学士一一问答之,何如?"先生曰:"某也学浅才疏,然世之经史,亦尝涉猎,愿子问之。"于是,先问《易》,次及《诗》《春秋》《书》《四书》及汉、唐史之异同,皆前辈所未著者。先生以己意所见详辨之。其声称善曰:"先生真大才也,惜乎不遇时也!"如此问答称间,复曰:"先生得毋饥乎?"先生曰:"虽饥亦无奈何。"其声曰:"学生当与先生备之,并裀褥进,先生慎无疑而勿受也。"先生曰:"某虽不与子相识,若神若鬼,既蒙问答,亦何疑焉。"其声曰:"愿先生少出户外,当自备至。"于是,先生出复进,则皮毯饭羹毕具。先生始甚愧之,因自思曰:"受此亦岂有所害耶?"食既而寝。明日将行,其声又曰:"先生未可行,学生当先往觇之。"须臾,至曰:"兵事方炽,不若就此为善也。"居数日,先生欲去,其声又曰:"先生可行矣,然向某方则善。"先生曰:"某与子既若是情好,犹故人也。今日告别,或可使某知子之为何人? 姓氏为谁? 他日必思以报。"其声曰:"学生非人也,因见先生遭难,故来相护耳。既欲相见,而必待送数程,择一半壁窗处,月明后夜相见就别。"自此行数日,无日不见报前途虚实者,先生深以为幸。一日,告前途可无虑矣,学生当与先生别。夜半月明,其声渐近,先生倚窗立,但见一虎特大,斑文可观,拜舞而去。先生尝载此事于文集。后至正庚子夏,宗叔可道思言因备道其详云。

烹 鸡 法

鸡之为畜,身有风,人食之能动风气。镇江顾利宾姊丈与余言:"凡治此具,俟焊毛后,必以少盐擦其遍体,如澡浴状,加以香油少许,复以汤洗净,然后烹而食之可也。"

见 物 赋 形

前辈尝言见物赋形,理之或可验者。妊娠者食兔,必产儿缺唇。闻某处海滨一妇,尝食螺甲之属,所观皆此类,忽产一物,似螺而大,且无骨。若此者,往往有之。故经传云:"不食邪味,不听淫声,不视恶色。"盖亦有深意焉。是以故家俟有妊娠,则悬婴孩像于壁,加以彩色作绘,亦使之观感,且寓宜男之义云。

生 果 菜

凡生果菜,必净洗而后食。先师赵德辉老先生在至顺辛未年馆于宅前庄,尝言上埠一妇人,就山林中采笋归,觉粘如饴涎,既剥笋,则笋壳以齿啮开,一时不暇洗盥,由是成孕,后产蛇妖而死。

祖 宗 之 法

吾尝论祖宗之法不可失,祖宗之财或可失,使其遇盗遭乱离,则田宅财货皆不保矣,惟家法不可一日紊也。虽处患难,家法犹存,恶可废乎?

宋 末 豪 民

溧阳宋末豪民潘贤二者,害众成家,造楼于东桥东侧,于庚申年某月某日卯时立柱,未几而败,凡田产房舍,皆籍入官。北兵至,有襄阳王经历者,为本州幕官,国初此地为府也,见此楼伟然,又出于市桥之间,官价所得,为主三十有余年,转货于市民周信臣。至正壬辰,寇火毁之。王经历正是年造楼之日卯时始生,造物之有数也,岂偶然哉!

宋 末 叛 臣

宋末叛臣范殿帅文虎,行兵擅杀,不可言。国初及宋末,所得湖州南浔及庆元慈溪等处田土,皆以势豪夺之者。至正壬辰,红巾寇杭城,其孙范静善为钱唐县尹者,从逆,劫官库,克复后伏诛,田地房舍皆没入官。妻子以庆元袁日严所谋,幸免其祸。范之妻,日严异母姊也。日严以同父之故,痛其犯刑,乃以重赂赎之,其义亦可尚矣。世之叛主不忠,擅杀不仁,豪夺不义者,盍以是观之。谚云:"善恶有报,只争迟早。"斯言吾信之也。

浙 东 辟 地

乡人有浙东辟地庆元,后为宪司畜史,适他所,将行,因忿此邦人情太薄,尝时未尝受相识之惠,乃戏言于其故人曰:"此去甚好,免使他日欲报人恩耳。"盖反言以骚世也。予曰不然。真是确论,使其或受人之惠,则长己之贪,必至于无厌之贱,他日能施报,或庶几焉。使其不能报,则有负于心,何面目立于天地间耶?不若无所求于人,亦无所报于人,彼此各淡薄,实为幸事。使吾辈处乡里,从容之时,却不可以效此。偶遇邻族之贫弱,贤士之困穷,过往之无聊者,则当量力以周给之,尽其在我,亦不妄思求报于彼也,向在家憾亦未尝受吾惠也。先祖尝言曰："宁人负我，无我负人。"此之谓欤。

饶 州 御 土

饶州御土，其色白如粉垩，每岁差官监造器皿以贡，谓之御土窑，烧罢即封土不敢私也。或有贡余土，作盘盂、碗碟、壶注、杯盏之类，白而莹，色可爱。底色未着油药处，犹如白粉。甚雅，薄难爱护，世亦难得佳者。今货者皆别土也，虽白而垩□耳。

吃 素 看 经

谚云："穷吃素，老看经。"言人强为也。吾以为不然。若穷时，安分不妄想，亦是好事，免致干人取厌。老而行善，绝已往非僻之心，亦可为好人。盖做得一时好事，即做一时好人。临死之日，虽恶人悔过，言辞颇善，可为世法者，亦当取之。吃素看经，虽是世俗鄙见，推此以往于下等人之中，亦可免为恶好杀好贪之患，何所不可耶？吾故以是说解之。

卷　三

景　明　好　事

溧阳承平时,好事者多。如江景明家,专设宾馆,款留名士。建平县尹王勉起宗,号东岩,以事罢,来馆于江,赋诗作画,饮馔无虚日,或终岁焉。卞仲祥款延前御史周驰景远亦如之。石庄史道原款接郑禾子实于家,赋诗作画,以习文采。白湛渊一日尝赋六言四季诗意,道原爱之,求子实为作图,以双幅好细绢,用大着色,逾年而成,湛渊复题诗于上。盖湛渊,翁也;子实,婿也。一时好事者争相访玩,车马盈门,筵宴无虚日,且品馔制度器用清玩皆不俗。是习于浙西故家之遗风,又溧阳宋季赵、俞二府所传也。其诗有云:"红杏绿杨永昼,野服柴门散仙。莫道无人知处,东风都在吟筴。"又云:"莲叶吹香澹澹,扁舟撑影斜斜。惊散一行白鹭,东风卷起梨花。"后二首忘之,备见白氏集中。此画后质之于余外家,又归之于余,壬辰毁于寇。东岩所画《景明南山图》大幅,属之予表兄沈子高,壬辰亦毁之,短卷今在予行囊中。此画盖王氏生平妙笔,其尝自谓:"如此去当追配古人,不可忽吾所作也。"景明废之也。

学　宫　香　鼎

学宫香鼎将烬,而忽焰如烛光者,谓之香笑,主吉庆,其地必产英贤或出进士。勤学掌仪臧某为予言如此。

张　昱　论　解

江西张昱光弼尝与予言,其乡先生论解管氏反坫之说,便如今日亲王贵卿饮酒,必令执事者唱一声,谓之喝盏,饮毕,则别盏斟酌,以饮众宾者。浙江行省驸马丞相相遇贺正旦及常宴,必用此礼,盖出于至尊以及乎王爵也。

老儒遗文

先人于延祐戊午时,在嘉兴幕府,闻宋末一老儒,以某郡知府而致仕归,无子,养子承其业。年几七十,妾始生子。老儒病,以所居之田宅析为二,俾各受其半。未几,复召其妾语之曰:"吾殁后,养子必利其财以害亲子。"乃作一绝句付其妾,俾以蜡纸裹封细小瓶中,慎勿令人知。给曰:"祭粮罂当随椁埋于墓左,他日有患,以此验于官。"居数年,养子果以亲子非父所出,并母逐之。后妾引其子告于官。有知府者,昔与老人同学,诘其妾曰:"老先生为人有学识,性缜密,此事关系甚大,何独无遗文耶?"妾曰:"屏去左右,当请具之。"遂遣吏卒同此妾启视之,果得一罂,有诗云:"七十余年一点真,此真之外更无亲。虽然不得供温清,也是坟前拜扫人。"知府验之,果老儒之亲笔也。养子遂伏诬。

恕可兰亭

陈如心恕可先生闲居会稽时,教子弟写字,以右军《兰亭帖》刻于木,阳文用朱色印,令作字式,久而能书。程敬叔先生亦以智永《千文真字本》刻板,用苏木浓煎红水印纸,令诸生习书尤好。若归乡日,必用此法也。

不食糟辣

先人平日不食糟姜、胡椒及炙煿之味,以其动痔血也。不食蒜,以其荤心损目且秽气也。不食盐物,以其伤肺动咳嗽也。曰惟猪肉、肾、肚脏、蹄膊等,肉必烂熟而进,或鲫、鳊、白鳜以为常馔,羊、牛、鸡、鹅则间进之，然止于一味而已。冬月则麂、野兔和萝卜及蒸鸭子和鲟鲊常进。天寒饮鸡子和葱丝酒三杯。野味惟鹿、獐、玉面狸、山鸡之雄者，鹌鹑、斑鸠之类，余不多食，及未成物者亦不食。年及五十，齿及牝脱，肉食必细锉。常时喜食糖蜜及时果，剩贮小盒，置之左右，日不可阙。暮夜必以炒芝麻和干饼擂作糊茗以进，盖欲润肠肺也。

喜 啖 山 獐

先妣喜啖山獐及鲫鱼、斑鸠、烧猪肋骨，余不多食。平生唯忌牛肉，遗命子孙勿食。先人深憎恶家凫，非但不食，若闻其声亦怒，盖贱其情状之可厌也。至于邻近亦不敢畜之，止进其子耳。

不 嫁 异 俗

先人居家，誓不以女嫁异俗之类。尝曰："娶他之女尚不可，岂可以己女往事，以辱百世之祖宗乎?"盖异类非人性所能度之，彼贵盛则薄此，必别娶本类，以凌辱吾辈之女；贫贱则来相依，有乞觅无厌之患。金陵王起岩最无远识，以女事录事司达鲁花赤之子某者，政受此患，犹有不忍言者。世上若此类者颇多，不能尽载，则我赵子威先生如此显仕，有力量远识，一时为所误，尚使其女怀终身之恨。世俗所谓"非我同类，其心必异"。果信然也，可不谨哉！

婢 不 配 仆

先人誓不以婢配仆厮。或有仆役忠勤可任者，则别娶妇女以配之，婢则别配佃客邻人之谨愿者。尝谓婢仆一书配了，后来者必私相自议，意必谓后日当配也，渐致奸盗之患。或配矣，又添内外私盗，甚费关防。

仆厮端谨

先人取仆厮，未尝要有市井浮浪之态及时衣浇服者，惟求其端谨颇愚痴者留之。至于婢妾亦然，宁于里邻择田舍女子颇能女工者，不求其颜色也。衣服装饰并与里巷相同，无使异也。

友畏江西

先人交友惟畏江西与台人，盖谓其无情。或有妻子矣，又游他方，见富贵可依者便云未娶，若设计为婿，既娶矣，外家贫，又往而之他方，亦云未娶，则前日之妻皆不顾，亦无所记念矣。台人亦然。至于父母亦弃而不养，况朋友之交情乎？所以惧之也。平生之友江西及台者仅一二人而已，盖于有乡德异于其乡俗者也。

深恶游惰

先人尝见游惰之民及懒惰不习生理者，深患恶之，终身未尝轻与之一交也。子弟或有语言不务实、衣服异于众者，必严诃禁之。比与人约必信，或有故亦必报其所以然者，至于仆细皆如此。凡与人期，必曰某日。若曰三五日，则叱之曰："三日则云三日，五日则云五日。三五却是十五日也。"严毅至于一言一笑之间，亦未尝轻易也。居家未尝闲坐，或看书，或监治杂务，或理岁计，甚至婢仆之役冗者，亦间提调之。井石、碎瓦、木屑、断钉之类，时使人收贮一库，用则取之。所以先妣效习颇熟，终身勤苦，皆相如此。至于今日，子孙虽在患难之中不致饥冻者，皆父母不暴殄天物之报也。呜呼痛哉！

衣服尚俭

先人衣服惟尚绸绢、木棉，若氄衣、纻丝、绫罗不过各一二件而已。白绸袄一着三十年，旧而不污。平生惜物如此。至于片纸亦谨藏之，一文亦未尝施于无用处。布衣、素履、磁器、木箸与常人同。或讥之太简，先人曰："吾昔者甚贫，今日颇富，始终皆是吾也。岂可以此为忧乐而有异哉！"盖随遇而安，无预于己，故无适而不自得也，知者鲜矣。

月 蚀 大 雨 词

江西一士人某至京师，久见月蚀、大雨，作二小词，偶忘某调，云："前年蚀了，去年蚀了，今年又盏作平声。来了。姮娥传语这妖蟆，逞胡四切。脸则管不了。锣筛破了，鼓擂破了，谢天地早是明了。若还到底不明时，黑洞洞几时是了？""城中黑潦，村中黄潦，人都道天瓢翻了。出吾溅吾一身泥，这污秽如何可扫？东家壁倒，西家壁倒，窥见室家之好。问天工还有几时晴？天也道阴晴难保。"此二词虽近俚俗，然非深于今乐府者不能作也。咏其词旨，盖亦有深意焉。岂非《三百篇》之后其讽刺之遗风耶？此闻诸亡友杨大同云。

平 江 谶 语

"平江"二字，谶者云"淫"字也。是以平江人多淫，男女淫奔，恬不为愧。张九四陷平江，僭改隆平府。谶者云："隆平"二字，远观似"降卒"，不久当归正。果然。吴善乡守绍兴，集民兵号曰"果毅"，以篆书二字悬于兵卒之背，谶者云是"果杀"二字，不久当败。果然。"姑苏"二字，谶云"一女养十口"。是以风俗与温州同，"温"字远观似"淫"字。

窗 扇 开 向

人家窗扇开向内甚便，若向外恐为盗者所启，亦须坚实者佳，不可务于巧妙以美观也。盖向内者开在内，启闭皆由内也，直欂为上，格眼者次之。

议 肉 味

　　予尝议肉味，唯羊、猪、鹅、鸭可食，余皆不可食。盖四者非人不能畜，苟放之则必害禾稼，重为民患，故食之无伤也。牛、马之为畜，最有大功于世，非奉祭祀先圣及有故谓天子圣节之宴。则不食。鸡亦有小功，非奉荐待宾客亦不常食。犬之功与牛马同，且知向主人之意，尤不忍无故烹之，非疾病则不食。至于野味，非害稼菽者不可食，若以时腊者或买食之。螺虾细物得已则止，尤不可恣以口腹而损众物命也。牛肉予以先妣命不食，戊子年误食之，因一武官相招。致患肿毒于左股内，乃梦先妣责之。丁酉年在上虞，以病，因猪肉价高、牛肉价平，予因祷而食之，使我疾平体气复则不食此味。己亥年在鄞东湖，复梦如初，因悟食之，乃患肿毒于老足，今始决定不食此味。又思之，若买善杀者则违国典，若食自死者则致恶疾。违国典非臣也，致恶疾非孝也，不奉遗命非子也。以三者时省之，何乃以口腹之微末尚不能力行乎？则他日之大节犹未可保，书以为戒。

朱 氏 所 短

　　予家因先人晚年不主事，先妣主城南新居。长兄一房亦在城南。予又赘居外家，惟二幼弟随生母侍奉。然平生所蓄资财，及一切什物，皆在旧居也。朱氏姊主之，渐变先人之法，且有结姻党潜布左右，而向者旧仆与婢等惟知有朱夫人，待吾辈甚落落也。独门下士英君佐感先人之恩，始终如一，亦尝为吾辈不平也。朱氏姊惟生一女，时尚未适人，忽有女僧至，自称俗姓朱，安吉人，幼尝受业杭州某寺，遂称朱氏姊为嫂，曰："我是汝夫朱元礼三从姊也。"朱氏姊以私亲之故，延入内室，受其欺诱，与之同饮食起居，莫敢言其非者。此僧深奸大猾，居一月，即以钱买石修路、施茶汤，及遍游诸寺，咸施钱。又一月而去，竟不知所之。朱氏姊隐然馈赆甚厚，人皆不知也，惟有侍婢沈添妆知之耳。明年又至,遗果核及土物馈送,各房皆有之,谓之会亲。乃驾一画舫,侍从皆异类之人,人咸疑之。长兄与表兄沈子高为之忧,潜使人扣其梢人,据云:"我是松江万户府家人,以了师姑连年来说有一亲侄女寄居溧阳,富有金帛田产,别无兄弟管顾,舅家又各自分析了,由是万户多以钱劳此师姑,托其主婚。今有舍人在后,船不久当至。"长兄怒甚,即选门下能言者以大义折之,此僧忽发不逊曰:"我朱家女既受孔家财产,孔氏不可管也。"既而欲诉之官以欺骗事,众皆知其诬妄,此僧乃为万户家人所逐,余稍稍引去,遂杜其患。朱氏姊反以吾辈明言其非,至于衔怨。吁,此妇人之所以至患而家不可使干蛊者,信不诬矣!向非长兄顾大节义拒绝此辈,必致于陷身异类,受辱受害不浅也。朱氏姊不以为功而反以为怨,惜哉!言之至此,可为深叹。先人五十余年辛勤所致者,晚年关防不及于前时,抑且人情咸变于机巧轻薄,是以既失之于外,又失之于内,吾辈归省犹如客也。先人虽觉此意,岂能遽反其正耶?临终至于一案一器皆无存者,独遗白金之类,已失过半矣。此无他,先人姑息于初年,盖为沈氏止生一女,不忍远嫁,所以奁具及田产是沈氏者咸与之,诸子皆不授也。既各有所授矣,明立家券,以为异日执照,而财物一切大小事件尚托之朱氏姊。后至庶子长大,亲女当聘,渐有富贵气,未免侵窃公堂之资。先人不能察者,为朱氏姊侍奉极至,不露圭角,以父爱女之心既至,但知其能孝,不知其为财也。先人殁后,此情渐发露,乃有不平不了之语,反以为父不念女之恨,惜哉惜哉!不了者似嫁非嫁,似赘非赘;不平者田之少也。朱氏所得孔氏金物钞贯兼于诸子之数,房金什物、髹磁几凳尽数有之。惟田止于沈氏者,较之他女及乡中所嫁已过百倍,犹以为不足,见人情之日薄也。有女者勿蹈往辙,当视吾家之患有不可言者矣。思之痛哉!思之痛哉!及七年戊戌,避地在安吉之大山,遇寇,资物皆失,而沈添妆被榜掠几死。又盛添寿者亦遭此苦,其婿吴唐辅坠石折足,庶子妇等奔窜,极其颠沛,向之所得,今日尽矣,一时报应分明,犹未甚也。当年归荆溪之芳村,依吴而居,寇再至,不胜艰苦颠沛,衣服首饰荡然一空,唐辅死于乱兵。先自庶子自大山已与母长别而去,长子虽有侍奉之心,颇欲尽孝,而母则待之落落，惟亲女及婿之是恋，溺于偏私以至如此。为婿者亦恐物之遗于子，往往问其母子。殊不知一身尚不能保，遑及其他乎？自婿入门，竟有相疑之渐，非惟孔氏如客，其朱氏子亦犹客也。其盛添寿者，先人之侍婢，尝与朱氏姊窃吾家物之人也。先人殁，此婢从朱氏姊，甘心侍奉其妇女及婿，见者莫不叹之。所以亦受祸者，天理之昭然也。此虽一事，作戒数端。女僧名了坚。

朱 氏 所 长

朱氏姊平日处事可法者亦多，初年待夫之前妻吴氏之长子隆祖犹如己子，二庶子祖道、崇祖亦如之，今世之罕比者。及长子受荫为温州监支纳官，去家千里，尝以无音讯为忧，至于忘寝食。受夫之遗命养庶子祖道居溧阳，凡饮食衣服教训甚于己生者，及长为娶妇亦厚。过数年，亲女当聘，而庶子崇祖疑朱氏姊未免以奁具之物颇丰于庶子，亦人之常情，无足愧者。庶子阴怀不平。及婿入门，朱氏姊以家事付之，婿及庶子稍有彼此防闲之意，则庶子不得纵费所资矣。先是庶子以正母之私帑、岁收租米，一切什物，莫不为主而恣其所欲，尤有甚焉者，至是始有怨言。而正母知之，亦以忘恩不知分限是怒。据其始末则庶子之罪多矣。乱后，正母自与婿居，不得已也，庶子之心不能挽回矣。隆祖之祖心斋县尹殁时，隆祖在温州，惟其仲父元之在侍。朱氏姊不远数百里，涉太湖、跋山路，往承大事，可谓孝矣。一切不及者，悉以父家之资办之。及其子欲信浮屠教，焚其父尸，朱氏姊曰：“凡作佛事者，吾愿从之。至于焚化，则不敢许也。其长子死时，具棺葬未尝如此，今反以其父不若其子哉！且儒家无焚尸之说，断不可从也。”由是心斋公免于焚尸之祸。族长樗友兴，乡人耆老咸叹曰：“人家不必要好儿孙，但愿得好新妇足矣。”远近称之。盖元之吝于出己财以葬父也，可谓鄙矣。先是隆祖之父卒时，有年少之妾包氏及其母在安吉，朱氏姊往见之，待之颇安。或谮之曰：“隆祖之父因许作黄冠事，未几而包产，不能毕备，以致触忤，是以死耳。”内外咸憾之，隆祖亦以众怒将逐此妇。朱氏姊大怒曰：“人之生死自有命，包氏之产亦有是天地间之常事,尔辈何归罪于包耶? 且尔父死未卒哭,便逐其妻,人谓我何如者?"留之三月,葬其夫。将归溧阳,召包而语曰:"我欲携汝往溧阳,则父母之家不可也;留汝置此,则寡妇且年少无主,又不可也。"包乃泣谢。遂厚资嫁之,乡邦人又称善不已。时年四十有七岁,以其长子及季子侍奉乃祖,主安吉家事,携仲子归,遵夫之命也。常时在家,每安吉有人至,必欢欣问候乡族安否,厚待其仆。至于邻人作小商至此,亦善待之,其怀来之宛曲如此。待婢未尝加以呵叱,有小过则不与之语,婢知所惧,则使令如常;有大过则逐之。盖蓄仆皆乡里之淳谨者。乡里之贫且极者,病则时以粥米果核惠之,乡人仰之若母。凡姻戚急难次竭力救助,未尝惮劳苦。姻戚或忘其恩者亦多矣,此无他,施之有不当者则人不以为惠也。至于奉父母及继母,能曲尽其情。待妹与弟诚可谓友爱,而吾兄弟亦奉朱氏姊情若母也,终始无一言之间。惜乎晚年渐废先人之遗法及有不多得田之语,且终身不得主朱氏之祭祀,及晚年不惜朱氏之遗孤,是以不能无议者矣。虽然朱氏姊之过亦势之使然,使当时既重割奁资,则出嫁以礼,必能守朱氏之业而无晚年之怨,两得其道,不失父女之情、子母之义,可谓尽矣。何其徇于世俗而制之于似嫁非嫁、似分不分,所以易恩为怨,彼各有辞,深可叹也。有女者盖以是而观之哉。呜呼! 若朱氏姊者亦不失为大家之妇式也。

首　饰　用　翠

首饰用翠,最为无补之物。买时以价十倍,及无用时不值一文。珍珠虽贵,亦是无用。盖予避地,将所在囊中者遍求易米,不可即得,且价不及于前者已十倍之上。惟金银为急,绢帛次之。民有谣曰:"活银病金死珠子。"犹不言翠也。盖言银为诸家所尚,金遇主渐少,珠子则无有问及者,犹死物也。世之承平时,人人皆自以百世无虑,以致穷奢极侈,以金银珠玉之外又置翠毛,殊不知人生不可保,一旦异于昔,则无用之物皆成委弃。倘遇再承平时,切不可用无补之物。

虞 邵 庵 论

虞翰林邵庵尝论一代之兴,必有一代之绝艺足称于后世者,汉之文章、唐之律诗、宋之道学,国朝之今乐府,亦开于气数音律之盛。其所谓杂剧者,虽曰本于梨园之戏,中间多以古史编成,包含讽谏,无中生有,有深意焉。是亦不失为美刺之一端也。

新 人 旧 马

谚云:"使新人骑旧马。"此言良有以焉。盖谓人生于世间,一动一止、喜怒勤怠,或有不常,不皆可测。仆奴之久相处者,必察主之情性好恶,乘其隙而侮弄之,则至慢忽,不能尽心奉事者多。凡新至之仆,不知主之情性,纵能奸诈,亦未敢施,期月渐而彰露耳。马之为畜,有善有恶,有能负远者,有不能负远者,有惊疑而暗疾者,有能备乘坐而无失者,新至者岂能察其美恶耶? 必逾年然后知其可否,或逾月亦不能尽知久远之美恶也。虽然仆、马皆有相法可观可察,则其深奸大诈必须久而能知之耳。

势 不 可 倚

夫势之不可倚也,自古及今,历历可鉴。远者故未暇悉论,且以近者大者言之:伯颜弄权,奸臣也,附其势者多取富贵,死之日皆受祸。至于脱脱,虽不弄权,而权自盛,门客亦众,势去之后,祸亦如之。至于哈麻、雪雪两奸臣也,既贬之后亦不免。苗僚杨完者之凶暴,又非伯颜、哈麻之所比也。承国家多事、皇纲解纽之时,恣遹邦化外之常性,怒则死,喜则生,视生民人类如草芥,虽天子之命亦若罔闻者。附其势者,一旦至于极贵,盗受天子名爵,皆能生杀人。及其恶贯满盈,□手而死,党与皆伏诛,漏网者固多,岂能避于他日邪? 又以其小者言之:国初溧阳之民,有以田土妄献于朱、张二豪者,遂为户计,一切科役无所预焉。是时朱、张首以海运为贡道,至于极品。天子又以特旨谕其户计,彼无敢挠之者,权豪奢侈可谓穷于天下。或两争之田,或吏胥之虐者,皆往充户计,则争者可息,虐者可免,由是民皆乐而从之也。不数年,朱、张皆构祸,籍其户口财产以数百万计,后立朱、张提举司以掌之,向者附势之人皆受祸,而投户计者隶为佃籍,增租重赋,倍于常民,受害不浅,虽悔无及矣。

豪　僧　诱　众

又,湖州豪僧沈宗摄承褐总统之遗风,设教诱众,自称白云宗,受其教者可免徭役。诸寺僧以续置田每亩妄献三升,号为"赡众粮"。其愚民亦有习其教者,皆冠乌角桶子巾,号曰"道人"。朔望群会,动以百五。及沈败,粮籍皆没入官,后拨入寿安山寺,官复为经理。所献之籍,则有额无田,追征不已,至于鬻妻卖子者有之,自杀其身者有之。僧田以常赋外又增所献之数,遗患至今,延及里中同役者。

富　户　避　籍

又,荆溪、句容、金坛等处富户,有避良民之籍而妄投河南王卜邻吉耳养老户计者。及其有势之时,可附可倚,颇称所欲。未几势去,复隶常调徭役,而养老钱仍旧不免。或有贫者,则位下之人追求不已,苦楚尤甚,一岁之间杂使无有穷已。最所耻者,受辱于位下之人,如驱奴隶。然此三者之患虽同,而其轻重则有别者,朱、张、白云宗以田者也,河南户计以身者也。以田者患可绝,以身者隶其位下之籍,虽子子孙孙不能免也,其患过于二者远矣。原其所自,皆由苛政不能聊生,又非有才智者苟徒逞一时之欲,是以陷于终身也。夫陷溺其民者罪莫大于土吏,土吏之罪不容于诛。凡教猱升木,吹毛求疵,为害百端,败坏风俗,吏之所为也。今天下扰攘,城池残破,舞文弄法,助虐济奸,吏之所为也。吏之为害深矣哉!

世　祖　一　统

世祖能大一统天下者,用真儒也。用真儒以得天下,而不用真儒以治天下,八十余年,一旦祸起,皆由小吏用事。自京师至于遐方,大而省院台部,小而路府州县以及百司,莫不皆然。纵使一儒者为政,焉能格其弊乎? 况无真儒之为治者乎? 故吾谓坏天下国家者,吏人之罪也。

好　食　鸡

安吉亲友朱元之尝言,其族人有好食鸡者,凡亲族邻里待之必以鸡,别不设他物。其人一日过佃客家,将午,佃饷之以鸡,知其所好也。其人忽觉体困,就隐几假寐,戒其佃曰:“吾欲睡,慎勿惊觉。鸡熟时,置于几上,待我醒后食也。”其人乃熟睡,未醒,鸡已至。佃客侍候于傍,逾时见一物自其人鼻孔中出,延于几,渐至鸡上,若蜈蚣而短,多足而黑。佃以虫置于碗而覆之。须臾,其人醒,见鸡于前,挥之令去。且曰:“□鸡气臭秽不可食。”佃乃告其故。其人见虫。曰:“远弃于地。”令别烹鸡。鸡至,复曰:“臭秽不可食。”自是不好食鸡矣,不知何故。意其当初必误食虫物,以致此患,患既绝,是以不好也。

戒　阉　鸡

吾尝戒子弟不可阉鸡,盖畜物之可阉者惟鸡最受苦,剖腹以指刳其背而去其内肾,肺脏皆惕,有仁心者岂忍见之哉! 独猪犬淫状可愧,不识其母,或阉之亦无损,鸡则切不可也。口腹之患,致恶如此。吾虽食鸡,独不喜食阉鸡。人皆谓阉者味美,殊不知以尔口腹之奉而害物耶! 且阉鸡死者亦多,生者固难得,又何泥于人欲哉!

不 畜 母 鸡

吾家以先人在日未尝畜母鸡,虽有诞子者则付之邻佃之家,后视雏之多寡平分之,所以厌其求雄之态,雌伏雄之状,未有不动人私欲之情者。近世民家妇人以母鸡绳系其足,抱携至于他处求其雄,甚可憎恶。以致渐习无耻、流于淫奔者,亦此等之微也。避地之所,家人婢媪咸畜鸡母,往往有此风,每欲禁绝之未可,盖各得雏以市易布帛,所以未深绝之也。归乡之后,必以先人之遗训是戒。

不 置 牝 牡

犬羊之畜尤不可置牝牡者,惟宫者无害。若畜牝者,必求其牡,牡者必求其牝,此盖生物之性,至其时有不可得而已者,惟不畜此是幸。盖畜此等,淫状可憎,尤甚于鸡,未必不坏人之正性,婢仆最宜戒,不可以观此。至于犬之牡者,或庶几焉,其牡求牝,必出他处,则求牡者或鲜矣。又,畜牝物生子,子大不识其母,遂亦求牝,甚不美观,亦伤风败俗之渐也。先人见他人家畜牝兽,尚怒而叱之,可为切戒!

食 必 先 家 长

人家饮食,必先家长。至于一房亦然。则使幼者渐知礼义,家道日兴矣。吾家向日饮食,惟先人以无齿别炊烂饭,余必先奉先妣,然后分与子弟及诸妾与婢,其仆厮则在外厨与农夫同膳也。至如先生之馔,则先妣之外即分置一器及羹一器,备与先生,欲使众人知所敬在主翁之次也。

出 家 人 心

出家人心孤忍,不可交。盖其性习孤洁,自幼离绝亲爱之道,惟寡情坚忍是务，所以交友皆无情也。或疾痛，或急难，岂可责其相扶持乎？

家 出 硬 汉

谚云："家有万贯，不如出个硬汉。"硬者非强梁之谓，盖言操心虑患，所行坚固，识是非好恶之正者。若有此等子弟，则贫可富，贱可贵矣。或富贵而子弟不肖，惟习骄惰，至于下流，岂富贵之可保，虽公卿亦不免于败亡也。

万 顷 良 田

谚云："万顷良田，不如四两薄福。"四两言其太轻也；福者非世俗能受用，衣食之外，盖言祖宗积德以及于后人，虽或太薄至轻，犹胜于暴富不仁而以力至者也。假力而至者，虽可暴富及贵，不久当败。惟阴德为福，虽未至大富极贵，亦可保全小康，不至流落为下贱矣。

日 进 千 文

谚云："日进千文，不如一艺防身。"盖言习艺之人可终身得托也。艺之大者，莫如读书而成才广识，达则致君泽民，流芳百世，穷则隐学受徒，亦能流芳百世。其次农桑最好，无荣无辱，惟尚勤力耳。其次工，次商，皆可托以养身，为子孙计。舍此之外，惟务假势力以取富，虽日进千文之钱，亦不免于衰败零落者，此理之必然也。故曰"读书万倍利"，此之谓也。又有一等，小有才，无行止，专尚游说以求食，绝无廉耻，虽曰能取饱于一时，不能免饿死沟壑。

仆 主 之 分

人家或有家生仆子，虽幼便当闲之以礼，使之知有主仆之分。吾见近日人家有仆子及己子相戏,慢骂喜怒必相敌,父母见之亦不呵禁,则曰:"小儿无知耳!"殊不知习气不好,以致长大渐有无主之心,皆由习惯,病根不去也。至如女子幼小时,不可与仆子群聚,或至于浇薄市井之态者亦有之。至于长则情狎相习,乌能免于意外之虑耶?又见人家之女幼而命仆厮抱而出游,久而情熟,亦有非礼而戏弄之者。至于长而嫁人,其仆于外必谈及女之疾病、好恶、嬉戏之类,盖其幼而见之也。若此而致引诱不美者多矣,浙中富家多或有此患焉。

书 留 边 栏

抄书当多留边栏,则免鼠啮之患。书册必穿钉,不可用脑折也。若《通鉴》大本数多至百者,则脑之以下皆穿钉可也。脑者久而糊纸无力,必致损脱而零落矣。书帙必厚至一二寸或三寸亦无妨,但钉近边缘多空余处,不可迫近边栏间,且易观,又免零落也。抄书外边栏留一寸以上,如内穿钉处缘边栏亦留一寸以上方可。

丘 字 圣 讳

丘字,圣人讳也。子孙读经史,凡云孔某者,则读作某者以丘字朱笔远圈之。凡有丘字,皆读作区。至如诗以丘为韵者皆读作休,同义则如字。

乞 丐 不 置 婢 仆

乞丐妇女子弟皆不可置之为婢为仆,盖以气象不佳,渐有凋落之态。吾家以后至元乙亥间,尹氏姊在官庄时,族人凋落,邻媪蒋家妇,施氏女也,常执役尹氏,丧夫又无近族,孤且贫。尹氏姊引致来,以携挈幼弟之役。其状矮小,贫寒可贱。表兄沈子成见之曰:"此媪不可留。"予问其故,曰:"吾连日见其出入于君家之门,气象不好,如门中出一丐妇也。吾厌之。"不三载,黄遂男有得争讼起,自此不兴矣。

又,乙酉年后,北方饥,子女渡江转卖与人为奴为婢,乡中置者颇多,而吾家亦有一二。子成又言于余曰:"此等之类,皆劫数中物,得不死而来南者,苟免耳,然好者已被娼优有力者先得之,此辈皆饿损且丑陋不类长成者,宜勿留。万一劫数未尽,必致灾病,病必传染,患及好人矣。不然则此等入门,门景又何美观!"自是果至于乱难,无好气象矣。然此自系气数,亦一渐也。

又,外家吴子道,以至正甲午年,乡中多置淮妇作婢,贪其价廉也,子道亦置一二。吾以子成之言喻之,一笑而已。乙未兵乱,流离至于今日,亦是气象之一变也。

又子道以大门副厅砻谷米置农具,杨大同时相依以居,见之曰:"此等气象不好。公家无限闲屋,偏置于此,岂有官厅前之门景! 向之客官所聚,今置农具,太觉不好。"未几,丧乱无宁日,此居皆成瓦砾矣。

蜈 蚣 毒 肉

鸡肉与蜈蚣有冤,春夏秋三时,切不可过宿,杀人。烧炙之味,夏月不宜置。露宿,当谨盖藏。尝有某处孝妇,养老姑甚谨,姑好食烧肉,孝妇每得肉置火上熟,必以竹签插壁,阴候火气过,然后奉姑。一夕食肉暴卒,姑之女有诉于官,曰嫂氏有私通,惧姑觉,故进毒杀其姑。孝妇不胜拷掠,诬伏其罪。未几,审囚官至,识其情疑之,再令买肉置故处,夜半视之,惟见蜈蚣毒虫群食其肉。官以啖死罪囚,囚食亦死。孝妇由是得免,姑之女反伏诬。其置肉时,适夏月也。

奸 僧 见 杀

奸邪之人不可交接。苟不得已,则当敬而远之。不然轻则招谤,重则贻祸不小。尝闻一某官,平日自任以辟异端为事,凡僧道流皆数耻辱之。所居近有一寺,寺僧多富豪者,一僧尤甚奸侠,某官尝薄之。一日某官出外,其僧盛服过其门,惟见某官之妻倚门买鱼菜之类,盖尝习惯也。适雨霁,僧乃诈跌仆污衣,且佯笑而起。某官之妻偶亦付之一笑,僧遂向前求水洗濯。明日馈以殽核数品,相馈某官之妻。初不肯受,以谓未尝相识,且无故也。僧但曰感谢濯衣之恩,强掷而去。某官归,余殽未尽,问其故,惟怒其妻之不谨,亦未以为疑也。一日潜使人以僧鞋置某官厅次侧房,适见之,怒其妻有外事,遂逐去。且僧数有奸计,某官盖愈疑之矣。此僧闻之,即卷资囊,一夕避去,莫知所之。其妇归母家,依兄而居年余,不能受清苦。此僧已长发为俗商矣,夤缘成姻,其妇初不知也。逾三年,已生二子。一夜月明,夫妇对酌浅斟,其夫问其妻曰:"尔可认得我否?"妻曰:"成亲三载,何不认得耶?"夫曰:"我与你今日团圆,岂是易事,费多少心机耳!"其妻问故,夫曰:"我便是向日污衣之僧也。"备述前计。其妻即佯言曰:"因缘却是如此,乃前世之分定也。"遂再饮。大醉后,其妻操刀刺杀其夫并二子,明日自赴有司陈罪。官不能决,系狱者一年,忽朝廷遣官分道决狱,见之,乃壮其事而释之。后与前夫某官复相见,其妇曰:"我所以与你报奸人之仇而明此心者也。今既失节,即不可同处。"乃筑室某山,夫妇各异居云。二十余年前事也。

黄 华 小 庄

至正癸巳,乡里寇平,吾复到黄华小庄。忽故干者史仲珍、王道者来谒,谈及世事人情,因发一叹曰:"向时人中拣贼,今日贼中拣人。"盖伤好人之绝少也。此言虽浅,乃实论耳。所谓人者,犹半是贼心也。

山 阳 之 薪

山阳之薪有焰光,能发火力;山阴之木无焰光,然烹之际,不若山阳者佳。吾避地鄞之上水,乃始验之。又腊月采薪,虽生湿之木亦可然。

宣　城　木　瓜

宣城产木瓜最佳，其父老相传：唐末不生实，至宋初生；靖康中忽不生，至绍兴后又生；宋末咸淳末不生，国初始生。今自甲午年又不生，至今无木瓜，合药甚难得。何其一木擅天地之正气，犹若是之灵耶？

芦　把　劚　石

芦把束劚石则石裂，茶汁浇石器久则石如蛀烂。物性所畏，有不可晓者。

玛　瑙　缠　丝

玛瑙惟缠丝者为贵，又求其红丝间五色者为高品。谚云："玛瑙无红一世穷。"言其不直钱也。又言："玛瑙红多不直钱。"言全红者反贱，惟取红丝与黄白青丝纹相间，直透过底面一色者佳。浙西好事者往往竞置，以为美玩。或酒杯，或系腰，或刀靶，不下数十，定价过于玉。盖以玉为禁器不敢置，所以玛瑙之作也。金陵吕子厚知州有祖父所遗玛瑙碗一枚，可容一升，其色淡如浆水，惟三点红如蒲桃状极红，又一二点黄色如蜡，可谓佳品也。予因与好事者辨之曰："五金之器莫贵如金，珠之为物固不足贵也。金愈远愈坚，珠则有晦坏之时也。诸石之器莫贵于玉，玉与金并称，取其温润质色玉为上，坚而不坏金为上。若水晶之浮薄，玛瑙之杂绞，皆不足贵。"此固世俗所尚，一时之竞，非古今之公论也。今燕京士夫往往不尚玛瑙，惟倡优之徒所饰佩，又以为贱品，与江南不同也。谚云："良金美玉，自有定价。"其亦信然矣。其次则有古犀，斑文可爱，诚是士夫美玩，固无议者矣。

经 史 承 袭

经史中往往承袭，故宋俗忌避讳者，字画皆减省不成字，如匡字、贞字、敬字、恒字、勖字、黄字、殷字、构字、朗字，皆不成文。以让为逊、玄为元、慎为顺、桓为威、匡为康、宏为洪、贞为正、敬为恭。又追改前代人名甚是纰缪。胡公作《春秋传》，辨论详明，岂有古今经典以私讳改其字哉！是无识之人取媚一时，以为万世诮。国朝翰林院及诸处提举司儒学教授官当建言前代之失，合行下书坊订正所刻本，重新校勘，毋致循习旧弊可也。至如《诗》、《书》、《易》正文，亦当行下书坊删去小序及王弼序卦之类，毋得仍旧讹误后人。

美 玉 金 同

美玉与金同，亦有成色可比对。其十成者极品，白润无纤毫瑕玷也。九成难辨，非高眼不能别。八成则次之。以至七成、六成又次之。古玉惟取古意，或水银渍血渍之类不必问成色也，绝难得佳品。

灵 璧 石

灵璧石最为美玩，或小而奇峰列壑，可置几玩者尤好。其大则盈数尺，置之花园庭几之前，又是一段清致。谚云："看灵璧石之法有三：曰瘦、曰绉、曰透。"瘦者峰之锐且透也，绉者体有纹也，透者窍达内外也。凡取其色之黑而声清者灵璧也。惟取其声之清远者太湖石也。亦有卧纱纹弹丸两点红，独无峰耳。英石之质赤黑，亚于灵璧，特声韵不及太湖而质过耳。卢疏斋翰林有《太湖石记》。

曼 硕 题 雁

豫章揭翰林曼硕《题雁图》云："寒向江南暖，饥向江南饱。物物

是江南，不道江南好。"盖讥色目北人来江南者，贫可富、无可有，而犹
毁辱骂南方不绝。自以为右族身贵，视南方如奴隶。然南人亦视北
人加轻一等，所以往往有此诮。

古　　钱

古钱置之图书印傍，久而色赤，亦古气类使然也。

沙　鱼　胎　生

沙鱼胎生。予至鄞食沙鱼，腹中有小鱼四尾或五六尾者，初意其
所食，但见形状与大者相肖，且有包裹，乃知其为胎生也。此软皮
沙也。

鄣　南　山　石

湖州安吉鄣南山中出一石，色白，巉岩状类将乐石，可设置几筵
为玩器，不可浸水种菖蒲。惟昆山石宜水浸润，今亦罕得旧者。

铜　棺　山　草

义兴铜棺山顶有一种似草非草，又类木本，叶似侧柏而卷，凌冬
不凋，可移菖蒲石上，枯而复青，岁久亦茂可观。

半　两　钱

半两钱，古者煅而酒服可续折骨，五铢次之。浙东斗尺皆仍故宋
遗制。斗谓之百合足，比之今官数八升也。谓官数有二十合。尺谓之百
分，比今之官数八寸。吾乡绝无此样，皆用官样。至宜兴，则间有之。
杭城人有七升斗、七寸尺者，谓之小百合、小百分也。考其此制尚存

古法，则是今之制差增大耳。鄞俗则有二样：二斗五升者曰料；五斗曰薪。料，音劳，去声。

学　士　帽

今之学士帽遗制类僧家师德帽，不知唐人之制如此否？愚意自立一样，比今之国帽差增大，顶用稍平，檐用直而渐垂一二分。里用竹丝，外用皂罗或纱，不必如旧制。顶用小方笠样，用紫罗带作项攀，不必用笠珠顶，却须用玉石之类。夏月林下则以染黑草为之，或松江细竹丝亦好。归乡晚年当如此也。更置野服亦称之，略见《鹤林玉露》。便如今日鹤氅样，布为之。

艾　蒸　饼

试艾以蒸饼，将艾丸炷于饼上然之，若是好艾，则满饼香透底；不好者止于饼内一半，香不透。四明王韶卿云。

先　贤　之　后

先贤之后，理不当绝。然所闻者无几，且真伪莫辨。周濂溪之裔绝无闻者。程子之裔数人者寓居江东，不知为伯为叔也。近长枪兵中程某者，谢国玺女兄之夫也，咸礼之，以其为程伊川之后也，寓居磁州。朱子之裔，真者三四人而已，近亦无闻者。若金陵之朱仲明自是冒姓，其养子㠚，字伯厚者，是陈姓之子，云心道士之侄，福清人也。仲明家世淫乱，㠚后淫其妹，不听适人，人伦已丧。钱唐之朱姓者，自称朱通判之后，亦是冒姓，本朱氏之甥也。张横渠之裔绝无闻者。南轩之裔有二人焉，今亦不知存亡也。至如颜氏之裔，乱亡之后仅存一人，今在四川，颜真卿孙也，幼孤，与祖母孔氏相处。孔氏，潜夫之姊，世居林外。孟子之裔，今皆无闻，或在北兵中，未可知也。

西 川 道 者

西川一道者学长生之法,修炼三十年而内外丹皆成。一日城中兵变,而道者已仙去,遗下黄芽大丹一炉,为兵官所得,后半归之贾平章似道,半流落民间。贾事败,丹大半零落一美妾处,妾后归钱唐宋氏,丹遂为宋所有。今又半归于余,乃一半中之再半也。此丹性和而不烈,人皆可服,服之者可以助元阳,延生命。临服时,默诵咒七遍,面东南,以枣汤或白汤吞下,先以雪糕裹丹,预于前一夕服青丸子。咒曰:"归我常,返我乡,服之千岁朝玉皇。"表姊宋氏常患久痢,元气衰弱,因服此丹三五服,始得复生,每服十粒。

乡 中 大 家

乡中大家皆用刀镊者入内院,虽妇人女子,咸令其梳剃,甚是不雅。惟吾则不然。时外家却不用此。颇合礼法,他事则不及也。凡居家者谨之。

溧 阳 父 老

尝闻溧阳父老云:"国初兵革之后,居民荒业。至元间,有一奸民,曾为北兵掠去。复后归,径来顶山前丰登庄寄居,每掠买良人子女,投北转卖为奴婢。居三二年,忽遇一虎至村落三日,居民惊惶,幸不为害,惟唼此奸而去。"岂非造物者报焉。

高 昌 偰 哲

高昌偰哲笃世南以儒业起家,在江西时,兄弟五人同登进士第,时人荣之。且教子有法,为色目本族之首。世南以金广东廉访司事被劾,寓居溧阳,买田宅,延师教子,后居下桥。世南有子九人,皆俊秀明敏。时长子焘，本名傲伯辽孙。年将弱冠，次子十五六，余者尚幼。每旦，诸子皆立于寝门之外省谒父母，非通报得命则不敢入，至暮亦如之。一日，予造其书馆，馆宾荆溪储惟贤希圣主之，见其子弟皆济济有序，且资质洁美，若与他人殊者。盖体既俊秀，又加以学问所习气化使之然也。予深羡慕之。既而欲遣一生通谒于世南，求跋二小画卷。希圣曰："姑少待，有宦者出中门可问之，则主者出矣。不则别托门子转相通报亦可。"诸生则不敢妄入也。予初疑之，希圣曰："世南处家甚有条理，僮仆无故不入中门，子弟亦然。自吾至馆中，因知诸生居宿于外者昏定晨省，皆候于寝门之外，非奉父母命则不敢入。"盖谓私室中父母处之，或有未谨者，则肢体袒惰，使子弟窥见非所宜，故亦防闲之也。予始服其法之有理，深慕之，尝为家人辈言之。因外家处事太无理，虽干仆亦得入于寝室告报家事，予深恶之，每以傻事之法谕之也。予家以先人遗法亦颇若是，惟防闲外居子弟，未尝及于诸子也。傻氏之法忍不可忽，他日归乡，当谨谨效之云。

紫　苏　薄　荷

凡泡紫苏、薄荷之类，先贮滚汤，后投以药而覆之，则秀气浓而色浅；先投以药剂，后沃以汤，则色浓而香气浅，其味则皆同也。凡欲升上之药则泡之如此法，用其气也；降下则熟煮之，用其味也。近日因访同避地一友沈思诚，留坐久，忽云："我以上焦燥热，喉痛眼赤，乃用黄连解毒汤四味，药锉碎，先以沸汤，后投以药而覆之，半时许服之，其香烈而味清。盖欲升上也。"质之王韶卿，乃云："独不知大黄必候他药将熟而旋投之，即倾服，亦取其气能泻也。"吾始得其义如此，因记之。

出　纳　财　货

人家出纳财货者谓之掌事，盖佣工受雇之役也。古云："谨出纳，严盖藏。"此掌事者大字铭也。然计算私籍，其式有四：一曰旧管；二曰新收；三曰开除；四曰见在。盖每岁、每月、每日各有具报，事目必依此式然后分晓，然后可校有无多寡之数，凡为子弟亦然。干父之蛊，虽微物钱数，亦必日月具报明白，免致久而迷乱，无可考也。先人尝云："人家掌事必记帐目，盖惧其有更变，人有死亡，则笔记分明，虽百年犹可考也。"此虽俗事，亦不可不知。此式私记谓之曰黄簿，又曰帐目。

鲜 于 伯 机

予尝见鲜于伯机公亲书一幅云："登公卿之门不见公卿之面，一辱也；见公卿之面不知公卿之心，二辱也；知公卿之心而公卿不知我之心，三辱也。大丈夫宁当万死，不可一辱。"不知何人所言，而困学喜而书此，凡见数幅。观其言虽不深奥，然亦可为确论。金陵杨大同尝与予言："士大夫不得已，宁受小人辱，莫受君子辱。"此亦良言。居乡里时，乱后，一酷吏权州事，又一奸民掌案牍佐之，尝会于乡人家，予颇以礼貌待之。其人亦不问何如人，但略答片言，即自与济其奸酷者笑谈，既而又忌予在座，不乐。予即起而出。越明日，乡人对予言："昨日所会二人，始不知子为何如人，既而略闻之，且惧子之直言，恐坏其奸计，是以不乐与语，子出甚好。"大同亦在座，曰："正所谓宁受小人辱者是也。今之江海中遇寇，穷途中遇恶少年，皆不可与之事者，顺其无礼，何有加于我哉！"予曰："善。"因记于此云。

卷四

四 民 世 业

黄山谷曰："四民当世其业，读书种子尤不可断绝，有才气者出，便可名世矣。"此石刻在荆溪岳氏，后为显亲寺僧有大方丈所得。石背刻一诗云："渔家无乡县，满船载稚乳。鞭捶公私急，醉眠听秋雨。"皆山谷诗也。至正丙申以后，寺毁兵火，此石不知存亡。

江 古 心

宋末江古心丞相之养子某，至元乙酉岁为建康路同知总管府事，常时祭祀有阙。一日监修南城，惟其妻在家，忽闻中堂喧哄，出视，但见朱衣吏数辈曰："丞相在此，当肃拜。"其妻惊仆于地，仰视一紫衣官人中坐曰："同知何在？"言未及应答，闻厉声曰："岂有为人后而祭祀有阙者乎？"言讫而出。少顷，同知自外归，呼其妻曰："忽若背脊间疼，若为人所击，神思昏愦，故今日早回家。"其妻告其故，同知惊惧，即治具享祭。奈明日疽发，诸医不能疗，半月而卒。其子某与先叔生同庚，乙亥又同学。建康邵斋备言其事。夫人之贵有子者，欲为祭祀之主也，不幸无嗣而养子如子，恶可不事其父？为父养子既如是，况亲子乎？不孝者以是为儆。按《宋史》古心讳万里，字子远，都昌人，以蜀人王橚子镐为后，父子相继投沼中。据先叔所言甚详，意镐投沼后或不死，亦未可知。或抚养别子，亦未可知也。姑记此以俟知者。

山 中 茅 叶

山中茅叶可盖园亭，既坚且雅，晴则卷，雨则舒，不漏水也，胜如稻草,即开花可止血者。

箬 叶 铺 衬

箬叶铺衬土桥,能隔湿气,百年亦不朽坏,即箭叶也。稻草俗呼畚糠,可筑塞沟渠,继之以土,虽百年再翻起,黄色如新,如箬叶着土护板久不坏。二物非坚,其性然也。

兔 无 雄

世传兔无雄者,每岁玩中秋月,即夜成胎,其夜晴明则育。尝记二十年前,偶剥一兔,有二外肾,殊不晓其所以然,独未遍考其众,果复有肾否也?

翰 林 谶 语

虞伯生翰林云:“方言谶语皆有应时,固无此理,然有此事。如‘天翻地转’,‘人化兽,兽为人,’戏言之事,容或有之。凡人世之有是言,必有是事。又如劫灰冥数之类者,未可一论也。”便如今日世传《五公经》、《推背图》书亦然。

董 栖 碧 云

董栖碧云:释氏有言三世佛:“过去佛、见在佛、未来佛。”其说甚好,但以佛名称之,语涉异端,儒者所不道,吾今以三世界言之可也。

黟 县 老 民

潘多吉尝为黟县教谕,云县有深山,可入数百里,中有老民,或过百二三十岁者,或自言前宋年号者,皆未尝知有本朝也。其山忽崩陷发洪,流出大木片长数丈,广二三丈,状类海舟,底宛如木钉相连不用铁者。多吉不晓其意,一老民云:"此恐是前世物,遇天翻地覆遗下耳。"山民多不食盐酱,亦未尝诚,故能栖碧,谓此过去世界也。混沌之物,岂起自盘古,岂世人止如是耶?独不知盘古以先又几千万万年也。今之世乃见在世界,久而混沌如上世了,又复开辟如盘古时,此乃未来世界也。吾又尝闻金陵城中人有于延祐间掘井,深及数丈,遇巨木阻泉,复广掘木之两头处不得见,遂凿断出之,长二三丈,高广数尺,磨洗认之,乃香楠也。此地岂非万余载耶,乃有是木,意当时必江水也。俗所谓海变桑田,容有是乎?世传此等事亦多矣,未暇记耳。

董　生　遇　阄

董生名毅,字仲诚,一名纯伯,父天台人,寓湖州。潘公名矗,诸暨人,游于杭,博学能诗文,先曾除黟县教谕,丁内艰,服阕再往,又得是县。盖浙江省注选,恐吏作弊,例以兵卒用竹箸拈瓶中纸球,纸球中书合注人名姓,谓之拈阄。一吏检文卷对阄读之,惟空人名,读至是阄,云某处某阄,兵卒探取人名对此阄,吏然后书之也。矗两遇是阄,岂非分已定乎?_{矗,音哲。}

莫　置　玩　器

先人尝劝人莫置玩好之物,莫造华丽之居,每以训戒子弟。予闻之耳熟,犹未能深省也。义兴王仲德老先生,平日诚实喜静,惟好蓄古定官窑剔红旧青古铜之器,皆不下数千缗,及唐、宋名画亦如之,独无书册法帖耳。至正壬辰,红巾陷城,定窑青器皆为寇击毁。寇亦不识,无取者也。此一失也。后乙未复陷,所存者又无几,惟附箧随身之物乃画之高品,铜之古器,剔红之旧制,寄藏友人。渡江浙时,苗僚据杭州,因寄托之,主丧,乃取归西山,不一宿,尽为苗僚所掠。画卷转卖于市,凡剔红小样,咸以刀砍毁,无完器也。此再失也。时仲德翁已死一载,明年又不能保其余矣。所见多蓄者皆不能保,非独乱世，寻常传子孙者诚空耳。居室亦然，乱离之后，浪荡无遗。使人人知有此患，惟检身之不及，何暇玩于物哉！李易安居士序其人之好蓄书卷，戒之甚详。先人之训，盖目见耳，闻者多矣。尝云谚曰："与人不足，撺掇人起屋。与人无义，撺掇人置玩器。"撺掇者，方言犹从臾也。盖华屋、玩器皆能致祸。向有一人为玩器，因得罪于时官，遂破家丧身。又有一人因华屋招讼不已，直至荡产。此皆予所目见者耳，闻者又不知其几矣，可为明戒。

月　中　影

月中影，世传玉兔与桂树。先师徐实庵云："释氏说是山河影。"未详。今年中秋月倍明，因细观之，果若山影，空缺处乃水也。释氏不为无所见。

阳　起　石

世传阳起石无真者，欲辨之，观其纹，有若云头、雨脚、鹭鹚毫者是也。

村　馆　先　生

村馆先生惟乡中有德行者为上，文章次之，不得已则容子弟游学从师，求真实才学者，亦在德行为先也。浙西富豪之家延馆宾皆不以德行，馆宾亦不以儒者自任，所以往往刁讦，有玷儒风，至于破馆主之家者有之。今日乱世，犹有甚者。往年无锡华氏曾有此患。今年太仓徐氏寓庆元，为方氏职役，家豪于赀，忽馆宾讦其通好张兵，因此受害，家资一空。盖当时为主宾者皆不以礼，主者特欲改换士风，宾者乃是图口腹货利耳。初非若古之主待宾以诚敬，宾报主以学业者比也，恶可谓之宾主哉！然此可为后来之戒。

元 章 画 梅

会稽王元章尝谓："暑月着衣畏汗湿，则用细生苎布，以薄金漆水刷过干而后着，则便且凉也。"元章名冕，善画梅。

古 今 无 匹

古今无匹者，美玉也。盖天地秀气所结，质色大小各不同，是以无匹，真可贵惜也。古犀次之。画卷则今之精者或能近古，亦古之善画者多，非止一笔也，是以多得而有匹也。至于定器官窑又其多矣，皆未足珍贵也。前辈论者或有及于此，因记之。

无 锡 谶 石

相传无锡有石刻，谶云："无锡平，天下宁。"在惠山寺泉之傍。或云天下井旧咸置锡以滋泉味，盖茗与锡相便，惟是邑无之。或有云有锡则民争兵，故名无锡。皆未详孰是。

鸡 卵 熟 栗

鸡卵与熟栗在午前食则佳，过午后则能闭气。

江 西 罗 生

江西罗生卖碑刻者言："天地初如卵形者，指鸡卵也，鹅鸭则不可拟矣。"此说近是。

义 兴 邵 亿

义兴邵亿永年，一字惟贤，暑月冠墨漆巾，盖取离汗也。以葛为之，用淡金漆水和以墨水置葛其中染之，干而后制甚好。

兰 艾 不 同 根

古云兰艾不同根，盖比故家巚起也。艾叶茂而根浅，兰叶少而根多耳。

江 湖 术 者

江湖术者说客不可延至家庭，盖起词讼之端，诱破家之事，容或有之。先人每言之，尝亲见此曹患也。

戴 率 初 破 题

先人尝言，幼在金陵郡庠从戴率初先生游，先生每因暇即以方言俗谚作题，令诸生破如经义法。一日命破"楼"字，先君曰："盖尝因其地之不足而取其天之有余。"先生大喜，又命以谚云："宁可死，莫与秀才担担子。肚里饥，打火又无米。"破曰："小人无知，不肯竭力以事君子。君子有义，不能求食以养小人。"

宋 镀 金 器

故宋镀金器皿用金熔化，以银器渍之，凡数十次，犹如今之摆锡铁器相类。

宋 迎 酒 杯

故宋过府官及朝贵,例蒙赐酒,却于官库支给,以鼓吹迎归,谓之迎酒杯。杯是夹盏,盖内金外银,或内银外金者。予在四明问史善可,说乃母项氏闻诸其长上先辈言。因袁伯长学士与乃子敬存家书中有谓迎酒杯者,故及此。

故 宋 剔 红

故宋坚好剔红堆红等小桦香金箸瓶,或有以金桦底而后加漆者,今世尚存重者是也。或银、或铜、或锡。

靧 香 吸 髓

谚云:"靧俗音闻,颒也。香、吸髓、倚阑干。"言三险也。花心有小虫,颒之或作鼻痔,惟腊梅最不可靧。诸兽骨髓中击破有碎屑,吸之恐伤肺。阑干临水,恐有坠折之患。犹三件险处也。此言虽近,亦可为戒。

巴 豆 黄 连

谚云:"巴豆未开花,黄连先结子。"盖黄连能制伏巴豆毒也。犹"螳螂捕蝉,黄雀在后"同意。尝观《宋史》,宣、政之间,女直叛契丹而谋宋,南侵之日,鞑靼亦叛女真而举兵矣,正此谓也。

山 中 私 议

山中私议,人才列为九品,以比世爵,盖贱虚而贵实也。一曰孝,事亲竭力,移忠于君;二曰义,尽忠效节,轻财赴难;三曰廉,不苟取受,知耻尚俭;四曰直,真实不欺,内外如一;五曰谨,持守礼法,行之有常；六曰才，谋辨雄略，济时于时；七曰教，博学于己，推以及人；八曰隐，不事王侯，高尚其志；九曰艺，文词书画，以材成材。

种 竹 之 法

种竹之法，古语云："深种、浅种、多种、少种，最是良法。"予治西园，尝一日成林，彼时人事从容，工力毕具，甚易为也。且取竹于邻里佃客之家，皆吾田土上所出者，故不劳而办也。深种者，深壅客土也。浅种者，浅开畦穴也。多种者，连鞭三五竿或二三竿，宁少种几垛也。若独竿则根少，根少则难活，纵活亦不能茂耳。江西小竹及公孙竹、云头顶竹，凡置盆栽者亦用此法。

制 药 当 谨

制药不可不谨。四明韶卿言，其乡今岁有合疟丹者，用砒霜为末，搜和蒸饼，盘晒于日，而二小儿不知食之，一死一生，生者食少，急服解剂也。死者明日焚化，肠已腐矣。又，往年镇明岭一医士尝合墨锡丹，母及妻皆惯服之，一日以他药丸归，未曾题名，色类墨锡丹，母及妻亦取服之，一夕而毙。可不谨乎？书此为制药之戒。

草 药 疗 病

村民多采草药疗病，或致殒命者多矣。盖草药多有相似者，似是而非，性味不同，愚民不能别，一概与人服之，不至于误者寡矣。尝观《本草》云："山阳有草，其名曰黄精，饵之可长生。山北有草，其名钩吻，入口即死。"盖此草绝相类而性善恶不同如此。又，安吉朱氏亲友有为子腹疼，人教以取楝树东南根煎汤者。子初不肯服，其父挞之。既入口，少顷而绝。盖出土之根能杀人，朱氏不考古之过也。此表兄沈子成在安吉目击其事，尝以戒人。医家用桑白皮，《本草》云，出土者，亦能杀人，可不戒哉！

季 弟 患 疾

己亥秋，季弟在上虞患痢疾，亦服村民草药，后为所误，虽更医已无及矣。盖此弟不肯读书，不交好人，不习好行，惟市井辈是狎，所以致此者，亦禀气受胎之贱，且有不忍言者故耳。

堕 胎 当 谨

堕胎不可不谨。妻母潘，尝在三月之期服堕胎之剂，至四阅月而旋旋下血块或腐肉块，盖受毒烂胎之故也。或惧孕育之繁者，夫妇之道亦自有术，盖以日计之也。不然，则在三月之间、前两月之间服为犹可，若过此则成形难动，动必有伤母之患。今人或以村妇法用牛膝等草带于产户者，深非细事，不致于殒绝者鲜矣。尝见溧上亲友李汉杰，其妻黄氏冒姓孔女者，凡数十孕多男子，惮夫产育之劳苦，服桂姜行血之剂，过于三月后，胎虽不堕，漏血不止。医者所亲殷国材忧之，但饮以补血之剂，因惧不能止，所以生之也，此亦是一法。及十月而产，乃无胞之儿。盖因形成而被毒药所腐，胞衣以致常时漏血也。可不戒哉！吾近以家人多产，又在客中不便，常服堕胎之药，既过三月不动，则易以安胎顺气之剂，以防护之耳。

服 药 关 防

人家服药须是关防，或被媪妮所倾，别添水煮，则味不能功矣。或误堕地，及与药相反，则伤人命。或杂乱误投于人，物之冷热不同，误增病症，若是多矣，不可不戒。尝见赵希贤云："赵冀国公府，凡治家事各有局次，如煮药必在外院，干者轮日掌之，名籍日计簿，以凭稽考。遇某夫人、某官人、某直阁、某乳媪及贱妾辈有疾，外院书名悬牌于盏托之上，覆定然后送入内院饮，别间药次第尝之。"人家虽不能如此，或仿此防闲亦好。

五　苓　散

五苓散隔年者泽泻必变油，服之者杀人。惟见一方云治项骨倒用隔年者，余皆不可不谨也。

滚　痰　丸

吾乡王中锡制滚痰丸，疗疾甚妙，然亦有害人者。徙常熟，常闻一官甚壮实，每患痰热即服之，后因患脾泻脉绝，以致不救，盖过于此剂也。然此剂正可推利痰热，疾平则已，不已则伤元气，岂可以素壮实而自欺邪！人非纯阳真人，焉能保其无七情之害，害则有损，非损纯阳矣。

平 阳 王 叔 玑

平阳王叔玑为嘉兴郡照磨，丙申年避地与予同寓上虞。时乃嗣本元才二十五岁，未娶，因纳妾于外，未免过度于酒色，自南台宣使，间亦来上虞。忽患疟疾半载，且脓疥遍身，因久病脾虚，腹胀足肿，问药于予。予曰："当实脾元补肾去湿则可矣，宜用厚朴干山药、白术、木香之剂。"未过五日已不喜服，遂信房主者徐生引至柑酱使与其针腿膝间放水，少顷即死，悔无及矣。庚子月甲申日也。又，吾亲友杨文举，乃嗣元硕于乙未年夏秋之间亦患疟，生疥如王本元，但无虚损下元之证，因服葶苈而愈，盖利水道也。尝书此以记之。

上 虞 陈 仁 寿

上虞陈仁寿，字景礼，尝应写金字经生员，为人有交情。尝言一日过江西，舟中遇漏雨，醉卧湿蒸之所，遂患骨节疼软，逾年尤甚，因往杭求医，医用针法治之，一针竟不能步，疾倍于前时，怒而舁归，自此不得痊矣。其疾甚怪异，手足指缝间始患肿毒，久而溃脓，脓尽微露白块如骨，以手捻之即出，稍软，见风坚，白如粉色，若此者不知其几也。凡肘膝有骨节处皆患遍，筋骨拘挛不能举动，终身废疾。每恨无名医，不治犹可，因治而成废人。盖其幼时曾酒色过度，风湿侵之久矣，亦是冤业所致如此。至正戊戌秋，会于会稽后山月余，因谈及之。

先 君 教 谕

先君初欲仕时，颇厌冷官，既授上元县学教谕，不就。江淮行省尚书有又授常州路学正，亦不就。豪气英迈，必欲即能济时行道者，遂荐为岁首儒人书吏往宣城。时安吉凌时中石岩为宪幕宾，一见甚喜。乃嗣懋翁师德正读书侍师作《兰花》诗，石岩暮归，即命同赋，有"风流得似谢家郎"之句，石岩称赏，已，怀建康□牒而去。越三日，忽告先君曰："公又且拨置在此未迟也，子宜归，岂有谒人求仕者乎?"先君闻之不乐，遂飘然以不就此职而去。且对其馆宾曰："吾以凌公长者，故相投耳，非千里谋谒也。公既不我识，我亦不就此谋矣。人生岂止于是耶?"馆宾即白于主者，遣仆追之，先君怒而登舟矣。石岩更大喜曰："吾所以试之，乃灼见其英气如此，公文已就，特未与之言，待其未至溧上，随令隶卒发牒取补书吏也。"及先君未到家而江东廉访已至建康，转下溧阳敦请矣。先辈作成人如此，未尝轻许，既就亦未尝有矜色。先君极感之，时至元甲午春也。是年，以入仕获免沈家杂泛差役，铺夫贱隶，本州悉除放之，因先君之功也。时与贡仲章交，乃翁南漪一见，深喜之至，欲纳为婿，每折行辈，分宾主。如是交游寓秀野堂者二年，后数相见，敬爱如初，先君每叹先辈仕人之不可及也。又宪使卢公疏斋雅相推重，一游一燕，未尝不与先君同处。或赋诗词，必先书以见示，其前辈气象如此。一日，廉使容斋徐公云："书中有女颜如玉。"戏谓先君曰："试为我属一对，以俗语尤好。"先君即应之曰："路上行人口似碑。"容斋大喜。又一日，有歌妓千金奴者请赠乐府，容斋属之先君，即席赋《折桂令》一阕。容斋大喜，举杯度曲，尽兴而醉,由是得名,亦由是几至被劾。而以容斋人品高,且尚文物之时,独免此患。若是今日,亦无此等人物,亦不敢如此倡和风流也。其曲今书坊中已刊行,见于《阳春白雪》,内题但作徐容斋赠云。又尝以律诗呈容斋公,公喜而书于后曰:"吾退之天资颖异,笔力过人,擅江淮之英,本邹鲁之气,观此佳作,未能走和,甚觉吾老迈矣。吾退之当勉力为政,以继前修,则吾深有望也,汝叟徐炎题。"

先 师 德 辉

先师赵德辉先生尝言:溧阳儒学祭□□□,诸儒执事者皆来,忽一儒惊见黑旗白字大书云"本州城隍监祭",须臾被击而死。盖此儒患痢疾,未涤衣服,媟秽庙殿,故遭谴也。常人欺心,举事不思报本,且坏乱学官者,其可免耶?

建 康 儒 学

建康路儒学,至元以后,有以儒人窃学粮,且坏教范,日横于学宫。一夕得病,且狂呼其妻曰:"吾被子路所击,痛不堪忍也。"言讫而死。先君目睹其事。

衢 州 学 霸

衢州学霸王杞者,久占出纳之计,半为己资,横行积久。会先叔祖平斋府君来教授时稍防闲之,杞积忿,遂欲诬于宪司。是夜,忽见子路叱之曰:"孔君圣人子孙,仁人也。汝敢加害耶?"鞭击其背,即患疽发,七月而死。金陵李懋子才尝作传记其事。

太 平 路 学

太平路学一儒人甚贫,或告之曰:"可拜先圣七七四十九夜即得金。"儒甚痴愚，果如其言往拜之。或者又伪造锡锭，潜置殿侧，儒见甚喜。或者窥伺其所得，即求分惠，儒者辞以同货。或者竟强持去，乃笑曰："我特戏尔耳。"儒诉于学官云："或者夺我白金。"且告所得本末如此。官诘之曰："或者不可以假金诳儒，欲免罪，当偿真金。"儒者得金，遂奉父母、育妻子。人咸谓儒者贫而诚，所以得金。圣人不能以金与人，故假手于或者，是亦可异可笑之事也。从父诸暨君尝言及此，盖目击其事云。

克诚窃食

义兴蹇克诚久窃食于学宫，未免点党行蠹。一日因事逮及，拘于常州，久不能脱，忿而自刳挖出外肾，血流满床席，自是召保放归。此亦作恶之报，或有作恶未之闻者也。蹇之祖，宋末蜀人。溧阳杨浚久占学官出纳之计，凡饮食居止皆是学中资也。子能聪明读书，一夕而死。余子虽在，作恶无行，可见报应也如此。深甫晚年贫困，郁郁而卒。尝闻前辈言，学粮不可妄食，必有报应。若果贤而贫无所依，则食于学，此分内事耳。苟无行，强受学粮，必贻神人之怒。且无故而食农夫汗血之劳，岂无报应！吾见如此者亦多矣。至如无功而食官之禄亦然，不及其身，则在子孙，事之必然也。

种兰之法

种兰之法，古语云："喜晴而恶日，喜幽而恶僻，喜丛而恶密，喜阴而恶湿。"盖欲干不欲晒烈日，欲隐不欲处秽处，欲长苗至繁则败，欲润不欲多灌水。当以碎瓦屑火煅过伏湿处，出气后却细和土置于兰之着根，可离水而常暖也。又以焯煮鸡鹅毛汤积芽而灌之，灌必徐徐使润，不宜太湿，太湿则根腐矣。抽芽谓之发箭，至发箭时，当以隔宿冷茶水灌之，能发其芳也。惧其瘠，则稍加以粪土。粪土之法，用山中黄土槌细粪沃之，晒干待其无秽气后，渐加于盆面，遇灌水则肥自上而入，不至伤也。又云："有竹方培兰。"即喜晴恶日、喜幽恶僻之意。常置疏竹林中,纵遇晴亦无烈日,遇雨不致太浸,盖以此也。兰本出广地者为上,叶短而柔,广而泽,根如大香附状最香,闽次之。庆元之昌国州,近见一种亦好,土人名曰铁干荪,出小沙寺山上,可与闽本伯仲者也。春开曰蕙,夏开曰芷,秋兰冬开曰荪,皆一干而数花。凡今之诸山所产,叶狭而劲,一花或众花者幽草也,非真兰也。广、闽、昌国者或有一干一花,多在春开亦好,但香浅耳。象山县山中及鄞县育王山中亦出一种。象山与昌国同。

邵 永 年

义兴县邵亿永年,一字惟贤,宋熙宁三魁之后也,世称红楼邵家。乃祖于嘉定间抄写《杂记》一帙,中载一诗如谶语,云:"壬辰癸巳这一番,人人灾死尽无棺。狗拖尸者心犹颤,鸦啄鸟睛血未干。半亩田埋千百冢,一家人哭两三般。说与江南卿与相,任他石佛也心酸。"当时见此皆不为意,及至正壬辰、癸巳之间,兵事大乱,绝与此诗相验,犹触景而作者。溧阳潘毅士宏幼年在广德山中亦见此诗,正不知何人所作,是宋之何年时也,却与今日壬辰、癸巳符合,岂偶然哉!

平 江 筑 城

平江始筑城时,某处城数丈,筑而陷者三。于是深掘其地,偶得一石,方广三尺,刻云:"三十六,十八子,寅卯年,至辰巳,合修张掖同音例。国不祥,不在常,不在洋,必须款款细思量。耳卜水,莫愁米,浮屠倒地莫扶起。修古岸,重开河,军民拍手笑呵呵。日出屋东头,鲤鱼山上游。星从月里过,会在午年头。"末行云"唐癸丑三月三日立"。时至正辛卯秋冬之间,民相传诵,竟不晓其谶。至丙申春城陷,张九四据之,明年秋纳款,始有人云:"张起谋时止十八人,若火、周、李、严等也。"又,测"鲤鱼山上游"者,高邮也。"星从月里过"者,横舟也。"三十六"者,四九三十六也。皆未尽详明其意,亦未知应在何事也。"开河"之说,却是贾鲁平章为之,天下遂乱。"浮屠倒地"者,自乱后寺观皆废，僧徒遁去，以置军寨。此二事颇相应。常记杜清碧先生在杭城，时至正癸未岁，忽言天下不久当筑城，筑城后自此多事，南人多得大官，但恐得官时五更鸡叫天将明，无多时光也，自后皆验。杜公，临江人，寓武夷，善阴阳术数之学，长于天文地理，但心术未正，弄黄白左道，识者鄙之，尤好博古，能篆隶，予尝从其问地理法。又杭城国初尝有术者言："此地当变荆棘，在八十年后。"今果如其术者云。

大 兴 土 木

大兴土木之工必主不祥。盖土神好静，或动作则必不安，轻则工者仆役见咎，重则祸灾及主人。吾尝见长官好兴土木修庙宇者，皆不得美任，虽未究其事理，亦劳民动众，俾土神不安之所致也。人家承祖父旧居最好，不得已则修营无妨，然亦看《授时历》，前所定诸神煞方外处，合宜避之，此不可不信也。虽云东家之西即西家之东，然亦不可执而忽之，当详审耳。

钱 唐 张 炎

钱唐张炎，字叔夏，自号玉田，长于词曲，尝赋《孤雁词》，有云："写不成行，书难成字，只寄得相思一点。"人皆称之曰张孤雁。有《山中白云集》，首论作词之法，备述其要旨。

茅 山 水 涧

茅山冷水涧，雨过，泉流大急，则流出一等白石，土人收而斫成器用，或杯、或带、或笠珠、或刀靶，莹然如玉，惟欠温润耳。间亦有润而如玉者，必碔砆之异种也，颇难得。盖坚而难琢，不多出故也。

苍 蝇 变 黑

谚云："苍蝇变黑白。"盖蝇粪污物，遇白则黑，遇黑则白。世以喻夫君子小人相反也。

海 滨 蚶 田

海滨有蚶田，乃人为之。以海底取蚶种置于田，候潮长。育蚶之患，有班螺，能以尾磨蚶成窍而食其肉。潮退，种蚶者往视，择而剔之。

浙 西 水 旱

四月十六日，浙西卜水旱，云："月出早则旱，迟则潦。"尝记父老云："己巳年，日方没未久，而月已高，其年大旱。"又卜，是日宜阴，不宜大晴，亦不宜大雨。浙东占四月八日晴及众风，或南与北风亦好，宜二麦，若雨及西风，则损二麦。每岁六月一日、三日、六日，晴则旱，若雨则潦，阴则平。每岁朔，喜东风，惟十月朔，宜西风，则夏米平。

磨 镜 透 闺

磨镜者以铁片六七叶参差衔击之，行市则摇动，使其声闻于内院，如云响板之音，谓之透闺。

自 称 和 靖 后

国初有人自称林和靖七世孙，杭人戏赠诗曰："和靖从来不娶妻，如何七代有孙儿？若非童种与鹤种，定是瓜皮搭李皮。"至今传诵，以为笑具。盖讥人妄托遥遥华胄也。

诗 联 对 句

又一生作诗喜联对句,有云:"舍弟江南死,家兄塞北亡。"询其所以,惟一身实未尝有兄弟也。时人续之曰:"只求诗对好,不怕两重丧。"至今以为妄作诗求切对者之诮。

园 丁 棕 丝

园丁以棕丝攀结花枝最为损物。往年尝往杭城买蟠桃千叶红白者数盆,花谢移植于地,枝干长茂,高即五尺。忽大风,枝皆折。视之,有棕在骨,被拘束不能长,但长皮耳。遍观拘缚处,莫不皆然。予即以小刀直割断其棕丝,庶几可以长大骨肉矣。至次年,则无吹折之病。此花木之受害,岂浅浅哉!盖棕不腐断,且桃枝胶多易长故也,他木亦然。于是初买即断其棕,任其直干横斜,栽移于后,皆成大树。予性不喜矫揉者,忽见园丁如此,即以理谕之。

鄞 人 虚 诈

鄞人多虚诈不实,皆江水长落不常,俗性亦由是习成。予自至鄞凡四载,若亲戚邻识,未尝见一言之可信,一人之可托者,最是无耻无义,得利于己则与人往还,不得则遽变绝交。明日得之又复往还,或假借不合意又有绝交之情。此只是土人待他处客也,使客乞假于土人,终岁未之闻也。吾侄婿袁氏子,无情尤甚,若非世人类者,其妄诞谲诈,浙西未尝见之,亦未尝遇此等亲戚也。细民多不务实,好饮啖酒肉,无一日不买鱼腥酒食。吾乡则不然,小民终岁或未尝知鱼肉味者,简俭勤苦,又非鄞人所闻见也。鄞人宁饮啖而至于贫无衣食者有之,其不务实非类人俗则可知矣。所以汤伯温薄其风俗,尝云:"有男未娶宁过于半百,有女未嫁宁可为尼姑,必待承平归浙西、江东然后为之,未为晚也。"伯温平日多妄诞,此言最有所见,吾颇然之。

敬 仁 祭 酒

许敬仁祭酒,鲁斋子也,学行皆不逮于父,以门第自高。尝忽傲人,每说及乃父奉旨之荣,口称先人者不一。四明袁伯长亦以讥谑为习,常嘲敬仁,敬仁大薄之。伯长嘲之曰:"祭酒许敬仁,入门鞑靼唤,出门传圣旨,口口称先人。"盖敬仁颇尚朔气,习国语,乘怒必先以阿剌花剌等句叱人,人咸以为诮也。邓文肃亦薄伯长,以谓有海滨滑稽之风耳。

乙 酉 取 士

乙酉科取士不公,士人揭文以谤之云:设科取士,深感圣朝之恩。倚公行私,无奈吏胥之弊。岂期江浙之大省,乭耐禹畴之小刘云云。其间亦言开元王弥叟嘱托之过者不一,虽是不得第者之言,亦因取士不公之诮也。后云一样五千本印行。

四 明 厚 斋

四明王厚斋尚书好博学,每以小册纳袖中入秘府,凡见书籍异闻则笔录之,复藏袖中而出。晚年成《困学纪闻》,可谓遗训后学者矣。国初袁伯长、孔明远、史果斋,尝登门请教者惟三人焉。明远讳昭孙,时为庆元儒学教授,时伯长方十二年,不过随众习句读已耳。

伯 长 九 字

袁伯长家字号以九字为则,取相生之义:"水木土日人心示言金石丝竹。"盖以"日"字至"竹"字也。

石　　莲

石莲数百年不腐,尝见筑黄花小庄基时,掘地数尺,得石莲数枚,其坚如铁,置浅水中则复生。考其地乃宋嘉泰辛酉所筑,其初是莲花水荡也。所以道家服莲肉,亦有所因者云。

金　陵　李　恒

金陵李恒,字晋重,杨通微女兄之子、文举之表弟也。进士出身,颇称廉简。然以家贫,常以五分取逋息,作文鬻钱,是以贱隶、庸人、富室等皆得易而求之。尝为小吏凌立义之父作墓志,时人亦以是薄之。尤善小篆,性执僻而强,邻里鲜与交者。祖居溧阳,所以自称中山李某也。

推　人　五　行

前辈多言推人五行定休咎,今以受胎日时为准,但以所生时甲子合,得十月数某甲子是也。如甲子则推己丑,甲与己合,子与丑合。乙丑则庚子之类乙与庚合,子与丑合。也。又云唐宫中如此。未详。

无　土　不　成　人

谚云:“无土不成人。”盖谓有田可耕诚务本也。所以术者推人五行亦以无土为忌。先人尝戏言“田”字云:“昔为富字尾,今为累字头。”此确论也。人生居乡里,处田园之乐,可谓足矣。既欲多买田,买田多赋役,由是而日繁挂籍于户役,则小人皂隶之辈皆得易而侮之,可谓累矣。有志者但守旧田庐足供衣食。使富于田,亦必择其中下等者鬻于他姓,尝食勤力取俭,可谓福矣。

字　谶

字谶容或可验，虽曰偶然，亦自可笑。先人尝言："桑哥拜相，术者测其止有四十八月之位。更作相哥，术者又曰，也只是四十八月。"既而果然，又，溧阳南门开解库，始议名"胤定"二字，计十七画，疑其验数止十七年。更作"曲阜"，亦是十七画。岂偶然耶？自壬子岁开张，颇觉称意，至戊辰以后，渐渐不资长，虽不亏废，随得随消，终不及前矣。又，允定大圩是赵丞相信庵以水泊之所筑堤，遂为良产三十余年。而国朝兵至，赵不能有，转鬻于吕平章。吕至三十余年，子弟不肖，废其业，始为吾家所有，主四十余年，今为盗所陷。一佃干蒋士龙者偶言及此，未必无定数存乎其间。以此推之，何必枉图也哉！吾尝论此家犹国也，周之八百年，仁厚以延之也；秦止于二世，暴虐以促之也。治家者戒之。相哥事载郭宵凤云翼《江湖记闻》前集第六卷《艺术门》。

天　赐　归　旸

河南归旸常为翰林学士，性廉介，多有阴德在乡里，因治圃亭锄地，见白金锭满窖，锭皆铸成字，云"天赐归旸"。旸笑而掩之曰："焉有是理？吾何德而可受此哉！"竟不复顾，当时厮役咸知之。后遇范并诸叛，举家逃避他所，事定始归，及见圃亭侧若经发掘者，视之惟失十二锭，复笑而掩之。后因宦游过荆阳、湖，舟中闻梢人喧哄，旸问故，梢人云："一竹箱随舟尾而行，欲捞之，重不能起。"旸曰："不可。湖海中多盗劫人物，以首级填其空箱往往有之，切勿捞也。"梢人因以篙推之使走。越三日，至某处城下，其箱溯流亦至，浮于舟之前，梢人得之，乃白金锭也。与其厮役同见，亦分二锭，上皆有"天赐归旸"四字。梢人或曰："舟中官人姓归，恐当受此物乎？"厮役遂走报旸曰："箱中之物皆白金锭也，锭上皆有爷爷名字。某当分得其二，总计十有二锭。"旸闻之，皆叱其还于梢人，勿有其分。旸感叹久之。为驿吏所知，言于某处官司，遂捕梢人者归之旸，旸力辞不受。后闻于朝，奉旨别以公帑之金随其数而赐之云。旸字彦温。

萧㪺讲学

萧㪺先生名㪺,字维斗,讲学一本于朱子。尝闲居,夜梦一大鸟飞集于屋上,晨起戒仆厮:"凡有客至,当报我。"及将暮,无人。先生步出门外,遥望一人颀然而癯,昂藏如瘦鹤,荷一高肩担,至门则弛担,通谒刺姓名曰孛述鲁翀。先生一见即喜,意谓梦中所验也。遂进而语,甚聪敏。问:"尝读小学书不?"曰:"未也。"时已年二十余矣。先生曰:"我以朱子教人之法而授诸生,必先由小学始,子虽读他书多,愿相从者必当如是。"翀曰:"百里相从,惟先生言是听。"自讲学三年,皆经学务本之道。有司闻其学行,又出于萧公之门,遂荐为南阳县儒学教谕,廉介刚毅,为时所称,御史台即就教谕选用拜监察御史。时与同官劾某官不法,直达于文宗御览,因问:"两御史何一人无散官?"近臣曰:"无前资也。"文宗曰:"既无前资,何为御史?"近臣曰:"有御史之才,刚正不畏强御,选用人才,难拘此也。"帝乃以御笔填写将仕佐郎于其衔上,时人以为荣且称也。既又劾元复初先生,先生文章固为一代之宗,而贪污泛交,为清德之累。翀尝师问之,即劾而又见复初先生。先生曰:"何劾我而又来见我乎?"翀曰:"劾者,御史之职也;见者,师生之礼也。且先生以不美之名非止于此,某恐先生日堕于扫地,故以轻者言之,使先生退而修晚节也。"复初时为参知政事矣。翀后为祭酒,国子监书册无不遍阅。凡某句在某册第几行,无不博记,诸生皆叹服之。官礼部时,却胡僧帝师之礼,时人以为难。一日,侍文宗言事,俄而虞伯生学士至,帝引伯生入便殿,翀不得入,久立阶上,闻伯生称道帝曰:"陛下尧、舜之君,神明之主。"翀在外厉声曰:"这个江西蛮子阿附圣君,未尝闻以二帝三王之道规谏也。论法当以罪之。"文宗笑曰:"子翚醉也,可退,明日来奏事。"帝虽爱其忠直,又恐中伤于伯生也。文宗爱伯生如手足,然是时伯生竦惧,月余不敢见子翚也。其严恪刚正如此。

维 扬 宪 吏

维扬旧宪吏尝言:"淮东宪司官某某,曾作书寄一某官,向使者拜以授书,使者拜而受之。使往彼见某官,亦拜而捧书。盖拜而授之者,如见某人,必面其所居之方以望之也。使拜而奉者,代司官拜也。此必于其稍尊者及平交者也。"尝见北方官长称朋友亲戚寿日,或远不能亲往,则先寄使者或托亲友转寄,必拜而授手帕一方,或纻丝一端,使及亲友,亦拜而受之。到其所,则代某人拜献寿者,此礼亦好,南方反不及也。本朝凡遇生辰及岁旦冬至朝,咸以手帕奉贺,更相交易云。一丝当一岁,祝其长年也。蒙古之地则以皮条相贺,然大者遇小者则不回易。回易之礼出于平交也。

江 南 富 户

至正乙酉间,江南富户多纳粟补官,倍于往岁,由是杨希茂父子、周信臣、蒋文秀、吕养浩等一时炫耀于乡里。未几,信臣以他赃罪黜,文秀以倨傲被讦,希茂父子自劾免罪,养浩以他事见拘。时荆溪士人张载之作诗嘲之曰:"纳粟求官作贵翁,谁知世事转头空。一朝金濑周巡检,三日维扬蒋相公。希茂知几先首罪,长源陪课不言功。何如林下山间者,红叶黄花酒一钟。"长源者,荆溪王德翁子,富而无才识,本故家子弟,足可求入仕之门而不思,反欲速贵,先于希茂等十年前纳粟为本州税使,陪课钱十年,欲退不可,故诗中及之。先是三宝奴作相日,富户杂流皆可入官,有至贵受宣命秩高品者,时人嘲诗有"茶盐酒醋都提举,僧道医工总相公"之句。至乙未、丙申间,国家无才识之人当朝,而行纳粟之诏,许以二万石者正五品,于附近州县常选内委付,则诗人亦不暇嘲讽而天下事可知矣。三十年前承平之日,或有富输十万斛,焉得县佐之职哉?纵使有才德之士,乡荐于州县,州县上于郡,郡上于行省,已有疑难吏诘之淹滞,或达于部,犹不肯商量,何前日之太艰,今日之太滥也?噫,可痛也哉!直至流于滥授宣勑于工隶倡贱之人，犹不知其所以贵者，是亦深可痛恨也哉！

溧 阳 富 民

溧阳富民罗贵一婢之子罗中者，幼尝从学，颇习儒雅，然妄诞不实，为乡中之诮。先是馆客庐陵娄奎谓其兄汝楫云："何苦效欺诳以累辱前人乎？"遂痛哭流涕于汝楫父子之墓，云邦人痛责罗中有罪。

文 益 弃 母

溧阳王文益，字仲谦，医人子也。习为儒名而无儒行。以妻貌陋，遂弃母女而之他，通奸于提举官王吉父之淫女，飘泊赴都。尝有达官荐文益于江浙行省注兰溪州学正，文益鄙之不受，入国子监九年无成。母思文益而病卒，文益不即奔丧，寓公僎世南在都责文益曰："汝母死逾年，吾家人附信已至四阅月矣，何不奔丧，以甘事于不孝乎？"文益不得已乃归。仅一载，凡游戏亵饮，无不从也。其兄适仲南戒之，文益怒不受戒，亦不与故妻及二女相见，赖仲南供养十年。至正甲申八月，文益不终制而去，亦不葬其母。其兄欲助其费，文益曰："待吾得官归方可营葬，否则十年亦不可葬也。所助葬资，未若助吾行色。"其兄曰："助子葬事当以二十锭，今助行色可半之。"文益遂行。又三年无成，仲南遂葬其母，事为继母也。又五年，仲南为嫁其二女，其妻以忧死，亦葬于姑之侧后。甲午年，文益始充淮南宣使升掾史，从总兵官至江西病死，终身无成，虚名而已。自甲申秋离乡去至死，并不作讯字寄乃兄及亲戚朋友。其不孝不义恶行，不可容于诛，徒以小聪明善逢迎卿相耳，何足取哉！可为乡里之戒。继文益之恶者有一人：严瑄。

窑 器 不 足 珍

尝议旧定器官窑等物皆不足为珍玩，盖予真有所见也。在家时，表兄沈子成自余干州归,携至旧御土窑器径尺肉碟二个,云是三十年前所造者,其质与色绝类定器之中等者,博古者往往不能辨。乙未冬,在杭州时,市哥哥洞窑器者一香鼎,质细虽新,其色莹润如旧造,识者犹疑之。会荆溪王德翁亦云:"近日哥哥窑绝类古官窑,不可不细辨也。"今在庆元见一寻常青器菜盆,质虽粗,其色亦如旧窑,不过街市所货下等低物,使其质更加以细腻,兼以岁久则乱真矣。予然后知定器官窑之不足为珍玩也。所可珍者真是美玉为然。记此为后人玩物之戒。至正癸卯冬记。

咸 物 害 人

　　咸物能害人。予避地四明,久知地卑湿,民多食咸,其病患者多疝气肾癞,或坠下如斗者,或大如瓜者,盖食盐腥所致。尝会张谦受都事云:"某长于浙西素无疝疾,自至正戊戌夏来四明,因日食少盐味,竟患疝,遂戒之,今不甚苦。"又会西域马元德云:"近苦外肾癞如瓜,服药不效。盖日食咸故也。"又会昆山豪获施五者云:"其家从役者数人,皆长自大都,今至四明五年间咸患肾癞,亦日食咸腥故也。"予旧有脉痔疾,无疝气,自至四明,痔血倍于前时,忽患外肾偏坠,盖咸能走血坠肾故也。侄儿辈皆患疝,自至此地,随俗日食鲞,且鲞价廉,可为度岁计,由是而致疾也。苦欲戒之为不能,时助滋味耳。

漳 州 香 花

　　漳州有香花如烂瓜,腊瓣如兰,其叶如栗,可爱玩,土人名之曰鹰瓜花,取其似也。

溧 阳 昏 鸦

　　幼时尝见溧阳东门昏鸦累万,夜飞集张巷马店之村,不几年,日渐稀少,而此处人家衰之。后集法华庵,又转集杨巷,未几又去而之他所,则法华消废而杨亦衰矣。故储德修有言:"寒鸦栖暖地。"向时臧村储月心富时亦然,后去而月废也。予自至元丁丑岁初至芳村,见其宅东西竹木郁然,昏鸦乱集,啼声彻夜。后三二年,鸦去木凋,直至衰落而后已也。谚云:"山朝不如水朝,水朝不如人朝,人朝不如鸟朝。"或亦有可信者哉。

减 铁 为 佩

近世尚减铁为佩带刀靶之饰,而余干及钱唐、松江竞市之,非美玩也。此乃女真遗制,惟刀靶及鞍辔或施之可也。若置之佩带,既重且易生绣衣,非美玩之所刻,书此以为戒。重则劳吾体,绣则损吾服,何饰用之有哉!

静 物 致 寿

世间静物致寿者固多,且以文房四宝论之,砚主静,故能寿,笔主动,故不寿,惟人以是观之,可知宜寿之道。

钟 山 王 气

钟山王气,昔时在二十余里之内,自丁亥以后,气如紫烟,远接淮西,亦异事也。扬州兴废不常,山水之胜又有时而兴也。唐人有诗云:"天下三分明月夜,二分无赖是扬州。"洪容斋《笔记》云。女真之寇乱扬州,百里之间,虚无人烟,至隆兴以后复盛,德祐末兵乱又废。父老尝云:自扬州至中原七百余里无人烟,至元贞以后复盛。至正甲午以后,今如荒野,不知何时复兴也?

吴 铎 中 丞

吴元人,名铎,中丞,中山人,寓吴兴,后卒于福建官舍,肯当平章长子也。平昔颇事饮食，云："凡饮酒食肉遇晚膳，必用白汤泡饮，以荡涤肠胃油腻，不致作疾也。"又云："丈夫居家，必有妻妾之嗜，晨膳必以羊、猪、鹅、鸡等味或一或兼可也。凡鱼腥不可食，食恐伤肾气，气非所宜。午后食鱼则无伤矣。"

水 向 西 流

凡城郭水向西流者，主居人多无义寡恩。又水不通江湖者，主不产清奇之物。金陵人多薄情，秦淮河西流也。京口人多不富且浊，水不通流也。湖州多窃盗，水散漫也。盖山深处则民厚而实，水泛处则民薄而顽。风水之说，信不诬矣。

历代笔记小说大观总目

汉魏六朝

西京杂记(外五种) 〔汉〕刘歆 等撰 王根林 校点

博物志(外七种) 〔晋〕张华 等撰 王根林 等校点

拾遗记(外三种) 〔前秦〕王嘉 等撰 王根林 等校点

搜神记·搜神后记 〔晋〕干宝 陶潜 撰 曹光甫 王根林 校点

世说新语 〔南朝宋〕刘义庆 撰 〔梁〕刘孝标注 王根林 标点

唐五代

朝野佥载·云溪友议 〔唐〕张鷟 范摅 撰 恒鹤 阳羡生 校点

教坊记(外七种) 〔唐〕崔令钦 等撰 曹中孚 等校点

大唐新语(外五种) 〔唐〕刘肃 等撰 恒鹤 等校点

玄怪录·续玄怪录 〔唐〕牛僧孺 李复言 撰 田松青 校点

次柳氏旧闻(外七种) 〔唐〕李德裕 等撰 丁如明 等校点

酉阳杂俎 〔唐〕段成式 撰 曹中孚 校点

宣室志·裴铏传奇 〔唐〕张读 裴铏 撰 萧逸 田松青 校点

唐摭言 〔五代〕王定保 撰 阳羡生 校点

开元天宝遗事(外七种) 〔五代〕王仁裕 等撰 丁如明 等校点

北梦琐言 〔五代〕孙光宪 撰 林艾园 校点

宋元

清异录·江淮异人录 〔宋〕陶谷 吴淑 撰 孔一 校点

稽神录·睽车志 〔宋〕徐铉 郭象 撰 傅成 李梦生 校点

贾氏谭录·涑水记闻　［宋］张洎 司马光 撰　孔一 王根林 校点

南部新书·茅亭客话　［宋］钱易 黄休复 撰　尚成 李梦生 校点

杨文公谈苑·后山谈丛　［宋］杨亿口述、黄鉴笔录、宋庠整理　陈
　　师道 撰　李裕民 李伟国 校点

归田录（外五种）　［宋］欧阳修 等撰　韩谷 等校点

春明退朝录（外四种）　［宋］宋敏求 等撰　尚成 等校点

青琐高议　［宋］刘斧 撰　施林良 校点

渑水燕谈录·西塘集耆旧续闻　［宋］王辟之 陈鹄 撰　韩谷 郑世刚
　　校点

梦溪笔谈　［宋］沈括 撰　施适 校点

麈史·侯鲭录　［宋］王得臣 赵令畤 撰　俞宗宪 傅成 校点

湘山野录 续录·玉壶清话　［宋］文莹 撰　黄益元 校点

青箱杂记·春渚纪闻　［宋］吴处厚 何薳 撰　尚成 钟振振 校点

邵氏闻见录·邵氏闻见后录　［宋］邵伯温 邵博 撰　王根林 校点

冷斋夜话·梁溪漫志　［宋］惠洪 费衮 撰　李保民 金圆 校点

容斋随笔　［宋］洪迈 撰　穆公 校点

萍洲可谈·老学庵笔记　［宋］朱彧 陆游 撰　李伟国 高克勤 校点

石林燕语·避暑录话　［宋］叶梦得 撰　田松青 徐时仪 校点

东轩笔录·嫩真子录　［宋］魏泰 马永卿 撰　田松青 校点

中吴纪闻·曲洧旧闻　［宋］龚明之 朱弁 撰　孙菊园 王根林 校点

铁围山丛谈·独醒杂志　［宋］蔡絛 曾敏行 撰　李梦生 朱杰人 校点

挥麈录　［宋］王明清 撰　田松青 校点

投辖录·玉照新志　［宋］王明清 撰　朱菊如 汪新森 校点

鸡肋编·贵耳集　［宋］庄绰 张端义 撰　李保民 校点

宾退录·却扫编　［宋］赵与时 徐度 撰　傅成 尚成 校点

桯史·默记　［宋］岳珂 王铚 撰　黄益元 孔一 校点

燕翼诒谋录·墨庄漫录　［宋］王栐 张邦基 撰　孔一 丁如明 校点

枫窗小牍·清波杂志　［宋］袁褧 周煇 撰　尚成 秦克 校点

四朝闻见录·随隐漫录　［宋］叶少翁 陈世崇 撰　尚成 郭明道 校点

鹤林玉露　［宋］罗大经 撰　孙雪霄 校点

困学纪闻　[宋]王应麟 撰　栾保群 田松青 校点

齐东野语　[宋]周密 撰　黄益元 校点

癸辛杂识　[宋]周密 撰　王根林 校点

归潜志 · 乐郊私语　[金]刘祁　[元]姚桐寿 撰　黄益元 李梦生
　　校点

山居新语 · 至正直记　[元]杨瑀 孔齐 撰　李梦生 庄葳 郭群一
　　校点

南村辍耕录　[元]陶宗仪 撰　李梦生 校点

明代

草木子(外三种)　[明]叶子奇 等撰　吴东昆 等校点

双槐岁钞　[明]黄瑜 撰　王岚 校点

菽园杂记　[明]陆容 撰　李健莉 校点

庚巳编 · 今言类编　[明]陆粲 郑晓 撰　马镛 杨晓波 校点

四友斋丛说　[明]何良俊 撰　李剑雄 校点

客座赘语　[明]顾起元 撰　孔一 校点

五杂组　[明]谢肇淛 撰　傅成 校点

万历野获编　[明]沈德符 撰　杨万里 校点

涌幢小品　[明]朱国祯 撰　王根林 校点

清代

筠廊偶笔 二笔 · 在园杂志　[清]宋荦 刘廷玑 撰　蒋文仙 吴法源
　　校点

虞初新志　[清]张潮 辑　王根林 校点

坚瓠集　[清]褚人获 辑撰　李梦生 校点

柳南随笔 续笔　[清]王应奎 撰　以柔 校点

子不语　[清]袁枚 撰　申孟 甘林 校点

阅微草堂笔记　[清]纪昀 撰　汪贤度 校点

茶余客话　[清]阮葵生 撰　李保民 校点